I0597489

# La Promesse de l'Alpha

Renee Rose

*Traduction par*
Agathe M

**Copyright © 2015 Alpha's Promise et 2025 La Promesse de l'Alpha par Renee Rose**

Tous droits réservés. Cet exemplaire est destiné EXCLUSIVEMENT à l'acheteur d'origine de ce livre électronique. Aucune partie de ce livre électronique ne peut être reproduite, scannée ou distribuée sous quelque forme imprimée ou électronique que ce soit sans l'autorisation écrite préalable des auteures. Veuillez ne pas participer ni encourager le piratage de documents protégés par droits d'auteur en violation des droits des auteures. N'achetez que des éditions autorisées.

Publié aux États-Unis d'Amérique

Renee Rose Romance

Renee Rose® is a registered trademark of Wilrose Dream Ventures, LLC

(dba Renee Rose Romance)

Ce livre électronique est une œuvre de fiction. Bien que certaines références puissent être faites à des évènements historiques réels ou à des lieux existants, les noms, personnages, lieux et évènements sont le fruit de l'imagination des auteures ou sont utilisés de manière fictive, et toute ressemblance avec des personnes réelles, vivantes ou décédées, des établissements commerciaux, des évènements ou des lieux est purement fortuite.

Ce livre contient des descriptions de nombreuses pratiques sexuelles et BDSM, mais il s'agit d'une œuvre de fiction et elle ne devrait en aucun cas être utilisée comme un guide. Les auteures et l'éditeur ne sauraient être tenus pour responsables en cas de perte, dommage, blessure ou décès résultant de l'utilisation des informations contenues dans ce livre. En d'autres termes, ne faites pas ça chez vous, les amis !

 Réalisé avec Vellum

# Livre gratuit de Renee Rose

**Abonnez-vous à la newsletter de Renee**

Abonnez-vous à la newsletter de Renee pour recevoir livre gratuit, des scènes bonus gratuites et pour être avertie de ses nouvelles parutions !

https://BookHip.com/QQAPBW

# Remerciements

Un énorme merci à Whitney Cartwright pour toutes ses infos sur le marché de l'immobilier à Colorado Springs, y compris les vidéos de maisons dans le quartier d'Old North !

# Chapitre Un

*Plus que quelques semaines et je me casse.*

Mélissa remontait le trottoir jusqu'à la maison en location pourrie où elle et son futur ex petit ami, un vrai loser, vivaient depuis huit mois. Elle était impatiente de dire adieu à cet endroit. Ses talons claquaient sur le bitume, sa jupe crayon trop étouffante pour la chaleur de ce début de mois de juin, après une longue journée à faire visiter des propriétés.

Elle se tint prête à être horripilée par le bazar créé par les cartons de déménagement à moitié pleins. Au moins, cela voulait dire que dans moins d'un mois, Jeremy aurait quitté sa vie pour de bon.

Leur relation n'aurait jamais dû avoir lieu. Elle avait confondu le lien créé entre eux lors d'une situation de crise, quand Jeremy lui avait sauvé la vie après que lui et l'un de ses potes l'avaient kidnappée l'année dernière, pour le grand amour. Elle avait peut-être simplement désiré avoir ce que sa sœur partageait avec son mari.

Fidèle à sa tendance à prendre des décisions malavisées, elle avait pardonné Jeremy pour l'enlèvement, s'était montrée reconnaissante qu'il se soit ravisé. Elle avait emménagé avec le type qui avait mis sa vie en péril. Cette phrase complètement tordue voulait tout dire. Elle était trop loyale, trop naïve. Elle avait cru que son attirance pour lui durerait. Grosse erreur. Quatre mois plus tard, il ne lui plaisait plus, mais il lui avait fallu quatre mois supplémentaires pour trouver le moyen de rompre leur bail, bien qu'ils se soient déjà séparés. Elle avait déjà empaqueté ses affaires. Dans un mois, elle serait débarrassée de Jeremy et de ce taudis.

Elle déverrouilla la porte et l'ouvrit, avant de s'arrêter net en poussant une exclamation.

La maison était sens dessus dessous. Saccagée.

Les cartons avaient été ouverts et vidés. Ses affaires étaient éparpillées partout. Les poteries qu'elle avait achetées à une amie artiste à la fac n'étaient plus qu'une pile de débris, les tableaux avaient été arrachés des murs et brisés.

Un sanglot monta dans sa gorge. Elle tourna lentement sur elle-même, le cœur battant ; quand elle vit les mots tracés à la bombe de peinture bordeaux sur le mur du fond, elle hurla.

*Paye d'ici vendredi, ou vous êtes morts tous les deux.*

Ses veines se glacèrent. Elle était incapable de bouger, de respirer. Son corps tremblait de partout. Sa main se ferma sur son portable, mais quelque chose la dissuada d'appeler la police.

Ce n'était pas un banal cambriolage. C'était personnel. Et c'était en rapport avec Jeremy. S'était-il passé quelque chose à la boutique de cannabis ? Il craignait toujours d'être braqué. C'était arrivé dans d'autres boutiques, car elles avaient de grosses sommes d'argent liquide à disposition.

Oh, Seigneur. Elle aurait dû s'en douter. Elle aurait dû fuir Jeremy dès qu'ils avaient retrouvé leurs esprits, après le traumatisme du kidnapping.

Il avait le chic pour s'attirer des ennuis. Ils avaient de mauvaises fréquentations. Il aimait faire la fête et se droguer. Si ça se trouve, il profitait peut-être même de son travail à la boutique pour vendre des drogues dures. Elle n'en savait rien, elle faisait l'autruche.

Appeler la police menacerait-il la vie de quelqu'un ? Elle déglutit. La sienne ?

Les doigts tremblants, elle composa plutôt le numéro de sa sœur jumelle. Ashley et Ben étaient en lune de miel aux Canaries. Elle n'aurait pas dû les déranger, mais... elle ne savait vraiment pas quoi faire d'autre.

— Salut, Mel, répondit sa sœur d'une voix gaie.

— Pardon de te déranger.

Sa jumelle remarqua aussitôt sa voix tendue et chevrotante.

— Que se passe-t-il, Mel ? Qu'est-ce qui t'arrive ?

— Je... je ne sais pas trop. Je viens de rentrer à la maison, et tout est saccagé. Il y a un message peint sur le mur.

Elle le lut à sa sœur, sans avoir besoin de lui révéler qu'elle pensait que Jeremy était la cause de ces ennuis. Ben et Ashley avaient déjà une bien piètre opinion de lui.

— Je vais jeter un œil à l'étage, tu veux bien qu'on reste au téléphone ?

— Bien sûr, mais tu ne préfères pas appeler la police ?

Mélissa monta les marches, le téléphone collé à son oreille, comme si cela pouvait la rapprocher de sa sœur.

À l'évocation de la police, la voix brusque de Ben s'était mise à résonner à l'autre bout du fil, et elle écouta sa jumelle expliquer ce qui lui arrivait.

Les intrus avaient également tout détruit dans la chambre du haut. Les tiroirs de sa commode étaient jetés par terre, le panier à linge retourné. Ils avaient même arraché la moquette. Que cherchaient-ils ? De l'argent ?

— Mel ? Ben va appeler quelqu'un qu'il connaît à Colorado Springs, alors ne bouge pas, d'accord ?

— D'accord.

Elle était plus soulagée qu'elle n'aurait bien voulu l'admettre que Ben sache quoi faire.

— Je te rappelle tout de suite, lui promit Ashley.

Elle raccrocha et contempla le désordre, les yeux brûlants de larmes. Que devait-elle faire ? Elle aurait voulu faire ses bagages et s'en aller immédiatement, mais elle ne savait pas où aller. Où pourrait-elle louer quelque chose au dernier moment ? En plus, elle ne voulait pas se lancer dans une autre location, bon sang, elle qui avait été si enthousiaste à l'idée d'acheter un bien à elle.

Ben Stone, le nouveau mari très riche de sa sœur, avait proposé de l'aider pour l'apport afin qu'elle puisse devenir propriétaire.

Un claquement de portière la poussa à regarder par la fenêtre. Jeremy avait plutôt intérêt à trouver une solution pour...

Mais ce n'était pas Jeremy.

Trois types à l'air redoutable sortirent d'un Range Rover bleu foncé et se dirigèrent d'un pas décidé vers la porte d'entrée. Ils ne prirent pas la peine de frapper, et bêtement, elle n'avait pas fermé à clé.

Eh merde. Ils étaient là, *dans la maison*. Ils allaient la tuer.

La gorge serrée, elle se rua dans le placard et se faufila derrière les vêtements.

*Pitié, faites qu'ils ne fouillent pas la maison.*

Son téléphone s'illumina, et la première note de sa sonnerie la poussa à le faire taire, paniquée. Elle retint son souffle, tendant l'oreille pour découvrir si les types avaient entendu quelque chose, mais elle ne distinguait que des voix qui s'interpellaient. Comptaient-ils attendre le retour de Jeremy ?

Ses mains tremblaient tellement qu'elle avait du mal à lire l'écran de son téléphone, mais elle vit que c'était Ashley qui avait tenté de l'appeler.

Elle lui envoya un message.

*Ils sont dans la maison.*

* * *

Cody Steele nettoya sa truelle couverte de plâtre et essuya tout son matériel. Presque terminé. Encore quelques couches de peinture sur le trou qu'il avait bouché dans le mur, et la maison pourrait être mise sur le marché. Acheter des maisons et bâtiments historiques pour les retaper et les revendre avec une belle plus-value à la clé avait été un bon moyen de mettre à profit sa personnalité agitée et son côté manuel. CJ Steele Properties commençait à se faire un nom à Colorado Springs pour son succès dans l'immobilier, et son entreprise donnait du boulot à la plupart des loups de sa meute.

Pas mal, vu que son père l'avait chassé de la meute à seize ans en lui disant qu'il serait toujours un bon à rien. Monter son entreprise et connaître le succès sans l'aide de personne, et créer sa propre meute dans une ville où les loups n'étaient jusqu'à présent que de vagues membres de la meute de Denver étaient des sources de fierté pour lui.

Son téléphone vibra, et il le sortit de sa poche en fronçant les sourcils. Ben Stone, l'alpha de Denver. Que pouvait-il bien lui vouloir ?

Il répondit.

— Cody à l'appareil.

— Cody ? Ici Ben Stone, de Denver.

— Je sais qui tu es.

— J'ai besoin d'un service. Un gros service.

Son ton avait quelque chose de pressant.

Il serra les dents. C'était assez présomptueux, de la part d'un mec qui n'avait même pas pris la peine d'adresser la moindre salutation à sa meute depuis que Cody était devenu alpha, neuf mois auparavant.

— Il ne me semblait pas t'en devoir un.

Stone ne marqua aucune hésitation.

— C'est moi qui te serai reconnaissant. Ma belle-sœur vit à Colorado Springs, et elle a des ennuis. Je suis à l'étranger, sinon je viendrais régler ça moi-même.

— Quel genre d'ennuis ?

— Il y a eu une effraction chez elle. Un message a été peint sur le mur. Son raté d'ex petit ami s'est sûrement mis dans le pétrin, mais elle n'y est pour rien. Je voudrais que tu la protèges.

*Fait chier.*

Cody n'avait vraiment pas besoin de ça. Mais avoir la reconnaissance de Ben Stone serait bénéfique pour sa meute. Ben avait tout un tas de moyens, à commencer par le fric. Il était également à la tête d'une grosse meute dont les membres avaient des compétences diverses et variées, et entretenir de bonnes relations avec eux lui éviterait de se tourner vers la meute de son père, à l'avenir. Car il préférait mourir plutôt que de lui demander de l'aide.

— Steele ?

Cody soupira.

— Ouais, d'accord. Quelle est l'adresse ?

— Je te l'envoie par texto. Tu peux y aller tout de suite ?

— Oui. Elle s'appelle comment ?

— Mélissa. Steele, donne-moi ta promesse d'alpha que tu la placeras sous la protection de ta meute.

*Merde.* Dans quoi était-il en train de se fourrer ? Stone voulait qu'il fasse le serment de risquer sa vie pour la protéger. Mais bon, c'était un truc de loups.

— Ouais, grogna-t-il. Je te donne ma promesse d'alpha.

— Merci.

Il ferma les paupières et se passa la main sur le visage. Il allait le regretter.

Comme son pick-up était chargé de pots de peinture, il sortit de la maison et courut sur quelques pâtés de maisons jusqu'à son propre logement, avant d'enfourcher sa moto et de jeter un œil à l'adresse envoyée par Ben.

Ses instincts de loups se mirent en marche avant même qu'il arrive à destination, mettant tous ses sens en alerte. Il coupa le moteur et avança en silence jusqu'à une petite maison à un étage. Un Range Rover bleu foncé était garée devant, derrière un pick-up Toyota blanc. Un frisson menaçant parcourut sa peau.

La porte d'entrée était ouverte, et des voix masculines aboyaient à l'intérieur.

Il fit le tour de la maison pour jeter un regard par une fenêtre. L'un des types ressemblait à Junior Rabago, un trafiquant de Denver. Il écoulait de la cocaïne et de l'héroïne sous couvert de l'une des boutiques de marijuana de la ville. Si la belle-sœur de Ben avait des problèmes avec lui, la situation était plus grave qu'il ne l'avait imaginé.

*Merde et double-merde.* Il n'aurait jamais dû donner sa promesse d'alpha à Ben. Son serment de protéger sa belle-sœur s'était transformé en mission de sauvetage. Et il n'était même pas armé.

D'après Ben, sa belle-sœur était présente sur les lieux. Les types l'avaient-ils déjà tuée ? Ou était-elle parvenue à s'enfuir à temps ? Il huma l'air. Il ne détectait aucune odeur de sang. Seulement celle des humains. Surtout masculine, peut-être celle d'une femme. Pas de loups. Il leva les yeux. Il y avait une fenêtre ouverte au premier étage.

Était-il dingue de s'imaginer qu'il pouvait grimper jusque-là ? Sûrement. Mais il voyait mal ce qu'il pouvait faire d'autre. C'était soit ça, soit attendre patiemment que les types s'en aillent, et ils n'avaient pas l'air de se décider. Il se hissa le long de la gouttière, en priant pour qu'elle soit assez solide pour supporter son poids. Elle grinça, et le métal racla la façade en briques de la maison, mais elle ne céda pas. Il l'escalada jusqu'au toit, puis il rampa jusqu'à la zone située au-dessus de la fenêtre ouverte et se laissa glisser jusqu'à ce que ses orteils touchent le rebord.

L'écran moustiquaire se détacha facilement, et il le jeta sur la pelouse en contrebas. Il se faufila dans ce qui semblait être une chambre, qui avait été toute retournée. L'odeur d'humaine y était plus forte. Une fragrance attrayante, bien qu'elle ne provienne pas d'une louve.

Ses instincts se mirent en alerte. Il y avait quelqu'un dans la pièce. Il sollicita son ouïe hors du commun et perçut une respiration. Un battement de cœur effréné. Cela venait du placard. Mélissa ? Non, c'était une odeur d'humaine, sans aucun doute.

Il traversa la chambre et ouvrit doucement la porte, tentant de ne faire aucun bruit pour éviter d'alerter les types du bas. Le placard était chargé de vêtements féminins. Des robes et des vestes pendues à des cintres occupaient tout l'espace. Il ne voyait aucune femme, mais le battement affolé de son cœur et l'odeur métallique de sa peur atti-rèrent son attention vers un coin.

D'un mouvement leste, il poussa les vêtements d'un côté et l'attrapa, une main plaquée sur sa bouche pour l'empêcher de crier. Il ne s'était pas attendu à recevoir un coup de genou dans les parties.

Plié en deux, il ravala de justesse un grognement.

La jeune femme tenta de lui échapper, mais il la saisit par-derrière et passa un bras autour de sa taille, sa paume sur sa bouche. Ce contact lui envoya un drôle de courant électrique à travers le corps. Comme un avertissement, mais en plus agréable. Ses cheveux se dressèrent sur sa nuque.

— Mélissa ?

Ce n'était peut-être pas elle. Elle se débattait avec plus de force qu'il ne l'aurait imaginé chez une humaine, son corps élancé puissant derrière son apparence très douce. Lutter avec elle excitait sa bête intérieure, et son sexe gonfla comme s'ils étaient en proie à une séance d'accouplement sauvage, au lieu d'être en danger de mort.

— C'est Ben Stone qui m'envoie, gronda-t-il tout bas à son oreille, au cas où il s'agirait bel et bien de la femme qu'il était censé sauver.

Son odeur de pomme cannelle lui emplissait les narines, mettant son corps en ébullition malgré la situation. Malgré le fait que les loups n'étaient jamais attirés par les humaines.

Elle se figea.

D'aaaccord. Alors comme ça, la belle-sœur de Ben Stone était humaine. Ce qui signifiait que sa compagne l'était sans doute également. Il n'était pas au courant, même si la meute de Stone ne se serait sans doute pas empressée de propager cette information.

Elle se retourna pour le regarder, les yeux écarquillés de terreur. Sa beauté le frappa aussi fort qu'un autre coup de genou entre les jambes. Elle avait de grands yeux bleus, des cheveux épais et soyeux qui tombaient en ondulations auburn. Il n'avait jamais vu une humaine aussi belle de toute sa vie. Il ôta la main plaquée sur sa bouche pour révéler des lèvres pulpeuses, frémissantes de peur.

— Je suis la cavalerie, annonça-t-il d'un ton sardonique.

Il semblait plus amer qu'il ne l'était vraiment, car son attirance pour elle l'avait pris par surprise, et que les surprises, il n'aimait pas ça.

Elle entrouvrit les lèvres, mais ne dit pas un mot.

Il n'était pas armé, alors que les types avaient des flingues. Les affronter pour sortir était donc inenvisageable, surtout avec une faible humaine.

— On va devoir sortir par la fenêtre. Je vais sauter et je te rattraperai.

Ses grands yeux bleus se révulsèrent.

— On ne peut pas, chuchota-t-elle. On est au premier étage.

Il la fit pivoter vers lui.

— Tu sais ce que je suis ?

*Pitié, faites qu'elle sache au moins que son beau-frère est un métamorphe.*

Elle le regarda de haut en bas, s'attardant sur ses vêtements couverts de peinture, ses bras tatoués, ses joues mal rasées. Il était conscient que son apparence contrastait vivement avec la sienne. Elle portait une jupe crayon étriquée et un chemisier en soie, comme une jeune femme d'affaires. Avait-elle une moue dédaigneuse ?

Il avait l'habitude de la condescendance, du mépris pour l'ouvrier sans éducation qu'il était, son physique correspondant plus à l'image d'un délinquant qu'à celle d'un investisseur immobilier. Pourtant cette fois, cela le dérangea, alors qu'en général il se foutait complètement que les gens le prennent pour un voyou.

Elle déglutit et se lécha les lèvres.

— Un loup ?

Il hocha la tête, la prit par la main et la tira vers la fenêtre.

— Exact, princesse. Ton loup sur son cheval blanc. Tu sautes, je te rattrape.

Le doute la faisait grimacer. Elle jeta un coup d'œil par-dessus son épaule en direction de la porte, se demandant sûrement s'il y avait une autre issue. Le visage pâle, elle hocha néanmoins la tête.

Il sauta par la fenêtre, atterrissant accroupi dans l'herbe. Quand il se retourna pour la regarder, cependant, elle était glacée, le regard tourné vers le bas.

*Merde. Allez.* Il avait envie de lui crier quelque chose, mais bien entendu, il ne pouvait pas prendre un tel risque. L'impatience l'envahit, ses instincts en état d'alerte. Son besoin de protéger une femelle de la meute, même par alliance, dans ce cas précis, était irrésistible. Non, son besoin de la protéger ne se limitait pas à son lien de parenté avec un métamorphe. Il prenait sa source dans ses grands yeux bleus et son odeur délicieuse, mais ce n'était pas le moment de se demander pourquoi.

Il fit un geste impatient.

Elle continua de rester figée, jetant un regard vers la porte, puis vers lui.

Bon sang. Si l'un des connards du bas pénétrait dans la chambre, il n'aurait plus aucun moyen de la protéger, désormais. Il ne parviendrait pas à escalader la façade assez vite. Et il avait fait le serment sacré de la sauver.

Elle regarda de nouveau derrière elle puis se tourna vers lui avec des yeux affolés. Quelqu'un devait approcher. Elle grimpa sur le rebord de fenêtre.

Avec des mouvements effrénés, il l'encouragea à sauter. Après un dernier regard vers la porte, elle poussa un hurlement, puis se jeta dans le vide.

Un cri masculin fendit l'air tandis qu'elle tombait, mais il n'osa pas la quitter des yeux pour voir qui était arrivé. Elle lui tomba dans les bras, et il vacilla sous l'impact, mais s'élança aussitôt, le plus vite possible.

Encore des cris.

Il regagna sa moto et assit Mélissa dessus, regrettant de ne pas avoir de casque pour son crâne fragile d'humaine. Elle semblait horrifiée, sa jupe moulante complètement relevée pour qu'elle puisse chevaucher le siège, révélant des cuisses laiteuses et une culotte en dentelle rose.

*Pas de bol, princesse.*

Il démarra, et sa moto cala. *Merde.*

Deux hommes sortirent en courant de la maison tout en agitant leurs flingues.

La moto redémarra dans un rugissement. Il pressa l'accélérateur et la roue arrière dérapa tandis qu'ils partaient en trombe.

# Chapitre Deux

Mélissa hurlait, les bras enroulés autour de la taille de son sauveur tatoué tandis que la moto quittait la rue, brièvement en roue arrière. Il lui saisit le bras, comme pour s'assurer qu'elle ne le lâche pas.

— Je m'accroche, mais toi, garde les deux mains sur le guidon, lui lança-t-elle, plissant les yeux tandis que les maisons et les arbres défilaient à toute allure.

Sous ses poings serrés, elle sentait des abdos en béton. D'ailleurs, elle était persuadée que cet homme était tout en muscles. Il avait l'air de travailler de ses mains. Son jean usé et son tee-shirt taché de peinture avaient quelque chose de sexy, dans le genre un peu négligé qui était beaucoup trop son truc.

Mais il fallait qu'elle oublie les bad boys. Ils ne lui attiraient que des ennuis.

Elle se contorsionna pour regarder derrière elle, juste à temps pour apercevoir la voiture bleue qui avait amené les salopards chez elle.

— Ils nous suivent, s'écria-t-elle.

Son sauveur appuya de nouveau sur l'accélérateur, et ils prirent un virage en trombe dans un crissement de pneus. Il se faufila entre deux immeubles, puis tourna à nouveau. Elle ne savait même pas où il l'emmenait, tant les bennes à ordures et les bâtiments défilaient vite. Elle dut fermer les yeux pour les protéger du vent.

Peu de temps après, il remonta une allée à toute allure et pencha sa moto sur le côté pour se glisser sous une porte de garage à moitié remontée. En un instant, il descendit de moto et la souleva. La porte du garage redescendait déjà pour les enfermer à l'intérieur.

Vacillant sur ses talons, elle remit sa jupe en place sur ses fesses. Son cœur tambourinait contre ses côtes dans un rythme douloureux. Ils se trouvaient dans un garage gigantesque. Plutôt un atelier, en fait, avec des scies et un établi. Les murs étaient couverts d'étagères chargées de pots de peinture, de solvants, d'outils et de fournitures en tout genre. Était-ce son lieu de travail ?

Son sauveur se dirigea vers elle à grands pas. Tout chez lui indiquait un voyou terrifiant : les muscles saillants de ses bras, les tatouages qui dépassaient de ses manches courtes et ornaient même ses doigts, la barbe naissante sur sa mâchoire solide et carrée, l'expression hargneuse sur son visage. Sérieusement. Il ne semblait pas plus digne de confiance que Jeremy et les salauds qui faisaient le pied de grue chez eux. Avait-elle bien fait de le suivre ?

Elle vacilla de nouveau.

— Qui es-tu ? s'enquit-elle.

Il lui passa devant et ouvrit une porte à la volée.

— Entre.

Pigé. Pas le moment idéal pour faire les présentations. Elle se faufila devant lui, tentant de ne pas prêter attention à la taille de ses muscles lorsque leurs corps s'effleurèrent, ni à sa réaction face à cette proximité. Une vague brûlante l'envahit, réchauffant ses doigts et son visage glacés, faisant fondre une partie de la peur qui avait bien failli l'achever, quand elle était cachée dans le placard.

Bien sûr, elle trébucha devant lui, car son talon se coinça dans la moquette. Il la rattrapa par le coude, et elle s'écrasa contre son torse.

Ouah.

Il avait des yeux gris ardoise qui contrastaient avec sa peau bronzée et ses cheveux délavés par le soleil. Tandis qu'ils se dévisageaient l'un l'autre, il dilata les narines. Ses iris gris prirent une teinte bleu glacier.

Elle poussa une exclamation.

Il la repoussa et se mit à battre des paupières tout en détournant la tête. Elle se demanda pourquoi il cherchait à dissimuler son loup. Il avait déjà admis en être un.

— De quelle couleur tu es ? demanda-t-elle à brûle-pourpoint. Quand tu te transformes, je veux dire.

C'était une question idiote. Elle aurait mieux fait de commencer par son prénom, ou par son lien avec Ben, mais apercevoir ses yeux de loup avait attisé sa curiosité.

Il se tourna vers elle. Ses iris avaient repris leur couleur initiale.

— Gris, répondit-il.

Une sensation inconnue parcourut son corps. De l'enthousiasme, peut-être. Elle avait désormais follement envie de le voir sous sa forme de loup. Elle était convaincue qu'il serait impressionnant. Puissant et terrifiant. Superbe, même.

Mais non. Il fallait qu'elle arrête ça. Qu'elle étouffe dans l'œuf l'attirance qu'elle ressentait pour ce mec sexy qui ne présageait rien de bon. Elle ferait mieux d'éprouver de l'attirance pour les gentils garçons bien sous tous rapports.

Le genre d'homme sans tatouages et sans jean usé. Le genre qui portait des cravates au travail et plaçait son argent sur des comptes épargne retraite.

Elle s'était appliquée toute l'année à oublier sa vie dissolue. Elle avait passé l'examen pour devenir agente immobilière, et avait réduit le nombre de soirées où elle travaillait au bar. Elle avait presque réussi à se débarrasser de Jeremy et à repartir à zéro. Et voilà que des types voulaient la tuer à cause de lui.

— Tu es blessée ?

La voix gutturale était juste derrière elle, et elle sursauta avant de se retourner. Il prit brièvement une expression amusée.

Elle lui tendit la main, et, de son meilleur ton professionnel d'agente immobilière, le menton haut, elle dit :

— Je m'appelle Mélissa. Et tu es... ?

Il serra les mâchoires. Apparemment, son petit numéro ne lui plaisait pas. Ignorant sa main tendue, il se dirigea vers une bibliothèque dans la petite pièce mal éclairée.

— Cody, répondit-il d'un ton bourru.

Il repoussa quelques livres et sortit un pistolet, qu'il glissa à sa ceinture, à l'arrière de son jean.

Elle aurait sans doute dû commencer par lui dire merci, au lieu de lui reprocher ses manières, mais maintenant qu'il l'avait snobée, elle se tenait avec encore plus de raideur. Elle examina cette garçonnière froide et humide et renifla.

— C'est chez toi ?

Il plissa les yeux.

— Désolé, c'est pas le Taj Mahal, princesse. Je ne savais pas que j'accueillerais la belle-sœur snob et *humaine* de Ben Stone.

Il prononça *humaine* avec dédain, comme si ce mot le dégoûtait.

Elle se hérissa. Croyait-il que puisque Ben était riche, elle l'était aussi ?

— Merci pour le sauvetage, mais tu n'as pas besoin de m'héberger. Si je peux juste emprunter ton téléphone...

Elle avait laissé tomber le sien dans le placard quand il l'avait attrapée. Il fallait qu'elle prévienne Jeremy avant que ces types le tuent. Elle avait beau ne plus l'aimer, elle lui devait sa vie.

Cody avait déjà son portable collé à l'oreille.

— C'est bon, je l'ai.

Elle entendit une voix d'homme lui répondre à l'autre bout du fil. Était-ce Ben ? Une pointe de peur l'envahit. Et s'il n'avait pas été envoyé par son beau-frère ? Si ça se trouve, il s'agissait d'un autre ennemi de Ben, comme la meute sud-américaine qui avait tenté de tuer sa jumelle l'année dernière. Il lui avait seulement dit que Ben Stone l'envoyait. Et il n'avait pas vraiment l'air d'un enfant de chœur.

Elle se dirigea lentement vers la porte.

— Tu ne m'avais pas dit qu'elle était dans la mouise à ce point.

Il marqua une pause pendant que son interlocuteur disait quelque chose.

— Ouais, Junior Rabago et ses potes... Tu sais, le mafieux. Ils attendaient chez elle. Ils possèdent plein de boutiques de cannabis. Ils s'en servent pour vendre des drogues dures en douce. Je l'ai trouvée cachée dans un placard, et je l'ai sortie de là, mais ils nous ont vus partir. Je ne pense pas qu'ils puissent nous traquer, parce qu'on les a semés et que la plaque de ma moto n'est pas à mon nom... Ouais, s'ils arrivent, je les attends de pied ferme.

Il jeta un regard à travers les persiennes sans les soulever.

Ce n'était pas bon signe que sa plaque d'immatriculation ne soit pas à son nom. Encore un voyou, sans aucun doute. Elle s'adossa à la porte. Elle avait envie d'écouter cette conversation, au cas où il s'entretienne avec Ben, mais elle devait également se tenir prête à fuir.

Cody lui jeta un regard et plissa les yeux, comme s'il savait parfaitement ce qu'elle mijotait.

— Tu ne m'avais pas dit qu'elle était humaine.

Cette fois encore, il dit cela comme si Mélissa était une crotte de chien collée sous sa chaussure. Il se dirigea vers elle d'un air sombre et déterminé.

Cette fois, elle entendit distinctement la réponse de son interlocuteur :

— *Ça te pose un problème ?*

Oui, c'était clairement Ben.

— Non.

Cody plaqua une main à côté de sa tête et se pencha sur la porte, l'emprisonnant avec son corps. Elle sentit sa peau s'enflammer à l'idée qu'il la touche presque.

— Tu crois aller où comme ça ? gronda-t-il.

— Hé ! Tu as intérêt à bien la traiter, aboya Ben à l'autre bout du fil.

Son beau-frère était tout aussi bourru que ce type ; il semblait seulement plus raffiné parce qu'il portait des costumes et était à la tête d'une entreprise à un demi-milliard de dollars.

Cody baissa la tête, son front reposant presque contre celui de Mélissa, son regard planté dans le sien. Quelque chose lui disait que c'était un truc de loup. Il voulait certainement qu'elle baisse les yeux en signe de soumission, mais cette provocation la poussa plutôt à serrer les dents et à lui rendre son regard avec plus d'insolence.

— Si je dois la protéger, il faut qu'elle obéisse.

— Si tu la traites mal, tu me le payeras, dit Ben les dents serrées. Passe-la-moi.

Cody fronça les sourcils puis plaça le portable contre l'oreille de Mélissa. Elle le lui prit des mains et se faufila sous son bras, s'éloignant du pas le plus fier et hautain possible, mais bien sûr, l'effet fut gâché lorsqu'elle trébucha de nouveau à cause de ses talons hauts. Saletés de chaussures ! Elle les ôta sans ménagement.

— Salut, Ben, dit-elle le souffle court.

— Mélissa. Tu es blessée ?

— Non, tout va bien. J'ai juste... peur.

— Qui étaient ces types, tu le sais ?

— Non. Jeremy et moi, on ne se parlait pas trop, depuis notre rupture. On cohabitait seulement parce qu'on n'avait pas le choix.

— Bon sang, Mélissa, je t'avais dit que je pouvais t'aider à acheter une maison.

— Je sais, je sais. Je faisais des recherches. Mes cartons étaient déjà à moitié faits.

— Écoute, Ashley et moi allons rentrer en avance et...

— Non, l'interrompit-elle. Je vous interdis d'écourter votre lune de miel pour ça. Tout va bien. Cody m'a sortie de là.

Elle jeta un bref regard à son sauveur et ajouta :

— Vous n'avez pas besoin de rentrer.

Elle s'en voulait déjà assez d'avoir eu besoin — encore — d'être secourue par sa sœur, dont la vie était toujours bien ordonnée, et qui faisait toujours ce qu'il fallait. Si Ashley et Ben rentraient plus tôt à cause d'elle, elle passerait pour l'emmerdeuse qui leur avait gâché leur lune de miel jusqu'à la fin de ses jours.

Cody jeta de nouveau un regard à travers les persiennes fermées. Il était le qui-vive et semblait compétent, comme un Marine aguerri ou un agent spécial. S'il était réellement dans son camp, elle serait en sécurité.

Ben poussa un juron.

— Tu ne dois pas quitter Cody d'une semelle. Fais tout ce qu'il te dira. C'est l'alpha de cette ville, tu sais ce que ça signifie ?

— Pas très bien.

Ben soupira. Elle entendit sa sœur dire quelque chose en arrière-plan, puis elle s'adressa à elle.

— Je suis sur haut-parleur ? lui demanda Ashley à voix basse.

— Non.

Mélissa se rendit à l'autre bout de la pièce et tourna le dos à Cody, comme si cela pouvait l'empêcher d'entendre leur conversation.

— Bon, les loups sont très branchés hiérarchie, dans leurs meutes. Alors il sera autoritaire et dominateur. C'est lui le boss, si tu vois ce que je veux dire. Essaye juste de ne pas t'en formaliser.

Mélissa lâcha un rire moqueur et lança un regard à Cody, qui avait croisé les bras sur sa poitrine large et la scrutait avec ses yeux gris.

*Ouaip. Autoritaire et dominateur.*

Son sexe se contracta. Mais ça n'avait aucun sens. C'était Ashley qui aimait les figures d'autorité, pas elle. Elle, son truc, c'était seulement les bad boys. Avant, en tout cas. Désormais, elle ciblait les costards-cravates. Les PDG et les experts-comptables. Un gentil avocat, peut-être. Un dentiste, à la limite.

Elle ne put s'empêcher de jeter un nouveau coup d'œil à Cody. Son entrejambe était chaud et mouillé sous sa jupe. Une image de ce mec tatoué et bien bâti en train de la coucher sur sa moto pour lui donner une fessée lui traversa l'esprit, et elle se détourna en rougissant.

Il dilata les narines et lui jeta un regard surpris. Ses lèvres esquissèrent un sourire.

Oh la vache. Lisait-il dans ses pensées ?

Ben revint à l'autre bout du fil.

— Mélissa ? Rends le téléphone à Cody.

Il n'était pas très causant, son beau-frère. Pas de *s'il te plaît* ou de *bon courage*.

Mais elle devait bien admettre qu'il veillait sur elle. Elle avait été ravie qu'il lui propose de lui offrir une maison. Elle avait refusé qu'il la lui achète directement, mais avait accepté qu'il lui fournisse un apport. Grâce à ce coup de pouce, elle pourrait acheter un bien qu'elle serait capable de rembourser. Une maison CJ Steele. L'une de ces charmantes bâtisses rénovées dans l'un des plus vieux quartiers de Colorado Springs. Elle adorait le travail de cette entreprise et admirait énormément Steele, qui était bien parti pour devenir un magnat de l'immobilier. Au cours des huit dernières années, il avait amassé une petite fortune en rénovant des maisons qu'il remettait sur le marché. Elle rêvait de devenir son agente immobilière.

Elle rendit le portable à Cody et écouta un nouvel échange laconique avant qu'il raccroche.

Il jeta un regard songeur dans sa direction.

— Tu vas rester là le temps que les choses se calment.

Comme elle se sentait déstabilisée et qu'elle ne voulait pas qu'il ait le dessus sur elle, elle prit une moue dédaigneuse et regarda alentour comme si son logement n'était pas digne d'elle. Comme si elle n'avait pas cohabité avec Jeremy, qui était une vraie souillon. La maison de Cody n'était pas mal, même si elle avait bien besoin d'un nettoyage de printemps. Et c'était un logement de célibataire typique : petit, basique, avec des couleurs sombres, vert forêt et bleu marine.

Il fronça brusquement les sourcils et lui passa devant à grands pas.

— Navré que ça ne te convienne pas, princesse. La prochaine fois, je louerai un palais avec un lit à baldaquin.

Le fait qu'il parle de lit lui envoya un frémissement nerveux dans le ventre, comme si elle réalisait soudain qu'elle allait vraiment dormir ici avec ce rustre. Elle jeta un regard vers la chambre. Il n'y en avait qu'une, à première vue. La superficie de la maison était principalement occupée par l'atelier-garage, qui devait avoisiner les cent cinquante mètres carrés. La partie habitable était seulement composée d'un salon-cuisine, d'une petite chambre et d'une salle de bains. Soixante-quinze mètres carrés supplémentaires. Oui, l'agente immobilière en elle n'avait pas pu s'empêcher de jauger la propriété et sa valeur marchande – cent cinquante mille dollars environ – dès qu'elle y avait mis les pieds.

— Je peux me servir de ton portable ? Il faut que je prévienne Jeremy.

Il plissa les yeux.

— Ton copain ?

— Mon ex.

— Tu penses qu'il ne le sait pas déjà ? À mon avis, ce n'est pas toi qui as fâché Junior Rabago.

Elle fit la moue et tendit la main.

— S'il te plaît ? Je n'ai pas envie qu'il rentre et se fasse tirer dessus, d'accord ?

Les doigts de Cody formèrent un poing avant de se rouvrir et de sortir son téléphone de sa poche.

— Qu'est-ce que tu faisais avec un type pareil, déjà ?

Elle se rembrunit. De quel droit jugeait-il ses goûts en

matière d'hommes ? Surtout qu'il n'avait rien du gendre idéal. Le fait qu'il ait raison l'agaçait encore plus.

— Ton téléphone ?

L'air courroucé, il le plaça dans sa paume.

Elle composa le numéro de Jeremy, mais il ne répondit pas. Bien sûr, il craignait peut-être de répondre à un numéro qu'il ne connaissait pas. Elle raccrocha et lui envoya un message.

*Ne rentre pas. Des types qui ressemblent à des mafieux sont chez nous. Mélissa.*

Il ne répondit pas. Était-il déjà mort ? C'était quoi, cette histoire d'argent dû avant vendredi ?

À contrecœur, elle rendit le portable à Cody et passa de nouveau en revue le petit salon. Combien de temps allait-elle rester là ?

— Il va bien falloir que j'aille récupérer mon sac à main et des vêtements. Tu crois que ces types sont partis de chez moi ?

Cody fronça les sourcils.

— Hors de question que tu retournes chez toi, pas avant que je sois sûr que la voie est libre. Je peux aller t'acheter quelques trucs au supermarché.

— Au supermarché ?

Elle n'avait rien contre les fringues qu'on y trouvait, mais vu qu'il la prenait pour une princesse, elle jouait son rôle.

Un tic dans ses mâchoires révéla son irritation. Il se dirigea vers elle, et elle fit un pas en arrière, mi-contente d'elle, mi-inquiète d'avoir dépassé les bornes. Il la saisit par les bras. Son geste avait quelque chose de dominateur et d'autoritaire, mais ses mains n'étaient pas brusques. En fait, la chaleur de ses paumes larges et calleuses sur sa peau attisa des flammes de désir dans tout son corps.

— Bébé, soit tu portes ce que je t'achèterai, soit tu te promènes en culotte, peu m'importe.

Il se pencha à son oreille.

— En fait, je *préférerais* la seconde option.

Elle déglutit avec difficulté, l'entrejambe en feu. Elle ignorait si c'était à cause de son contact ou de sa suggestion.

* * *

Cody inhala et sentit l'excitation de Mélissa. Soudain, son champ de vision s'étrécit, et la bête en lui monta à la surface en rugissant.

*C'est quoi ce bordel ?*

Hébété, il la lâcha et recula, loin de son petit corps sexy. Oui, elle était canon, avec ses courbes, sa peau douce et son joli minois, mais sa personnalité laissait à désirer. C'était une vraie pimbêche. Et une *humaine*. Ça, ça devrait suffire à le refroidir direct, même s'il ne crachait pas sur une partie de jambes en l'air avec une humaine de temps en temps. Mais il préférait les femmes plus robustes, qu'elles soient louves ou humaines. Le genre de femme qui aimait que ce soit sauvage et qui comprenait les règles : il ne s'engageait pas et ne promettait rien. C'était juste du sexe, un moment de plaisir mutuel sans attaches.

— Je ne peux pas faire visiter des maisons dans une tenue miteuse et mal ajustée.

Une agente immobilière. Pas étonnant. Il aurait dû deviner sa profession dès le départ. Il les connaissait, ces gens-là. De vrais requins, sans exception.

— Tu ne feras visiter aucune maison. Quand je t'ai dit que tu allais rester ici, je voulais dire *à l'intérieur, en perma-*

*nence.* Si tu crois que Junior Rabago ne t'attendra pas à ton boulot, ma belle, c'est que tu es moins maligne que tu en as l'air.

La consternation pinça ses jolis traits.

— Cody, j'ai des visites à faire. Je n'irai pas à l'agence, mais...

— *Non.*

Il prit sa voix la plus dure et intransigeante, bien que cette fille ne semble pas affectée par son autorité d'alpha. Encore une source d'irritation. Pour la quarantième fois, il regretta d'avoir fait cette promesse à Ben Stone.

Mais non. Il avait beau s'imaginer tourner le dos à Mélissa et ses ennuis, il savait que promesse ou non, il risquerait sa vie pour la protéger, même s'il la trouvait exaspérante. Elle ne méritait pas ce qui lui tombait dessus. En plus, il y avait quelque chose de magnétique entre eux, une alchimie très inhabituelle entre un métamorphe et une humaine. Et il mourait d'envie de s'y pencher de plus près.

Elle leva le menton et le défia de ses grands yeux bleus.

— Et comment tu comptes m'en empêcher ?

Elle avait le souffle un peu court, ce qui envoya un éclair de désir jusque dans son membre. Il sentit de nouveau l'odeur de son excitation et fut soudain certain de la manière dont il la retiendrait. Il y avait peut-être une manière de la soumettre à son autorité d'alpha, finalement. La meilleure manière qui soit, selon lui.

— Laisse-moi réfléchir, peut-être comme ça, dit-il en la prenant par la taille.

Il la retourna, puis saisit ses petites mains toutes douces et les plaqua contre le mur, l'une après l'autre. Cette fois encore, le simple fait de la toucher enflamma son loup intérieur. Il passa les paumes le long de ses bras, jusqu'à ses épaules, savourant sa peau douce. Il descendit sur ses flancs, puis ses hanches, avant d'abattre la main sur ses fesses.

Elle retint son souffle, et il sentit son membre pulser.

— Il me semble que ta sœur t'a avertie à mon sujet, gronda-t-il à son oreille, sa voix plus grave et rocailleuse que d'habitude.

Cette idiote ignorait que les loups avaient une excellente ouïe. Aller à l'autre bout de la pièce ne l'avait pas empêché d'entendre chaque mot de leur conversation.

Elle ne répondit pas et sembla comme figée, à l'écoute, dans l'expectative. Elle ne lui parut pas le moins du monde intimidée. Non, il avait seulement éveillé sa curiosité. C'était également ce qu'il avait remarqué lorsqu'elle était au téléphone. Tant mieux, c'était ce qu'il voulait. Il aurait eu l'impression d'être un salaud, s'il lui avait réellement fait peur.

— Si tu essayes de quitter cette maison, je te donnerai la fessée jusqu'à ce que ce cul parfait soit tout rose et ta chatte trempée.

Elle se mit à rougir. Son souffle était tremblant. Elle ne le regardait pas, mais elle garda la position dans laquelle il l'avait placée, tournée vers le mur. L'odeur entêtante de son excitation lui disait qu'il avait déjà atteint ce deuxième objectif. Bon sang, il n'avait encore jamais désiré une humaine à ce point.

— Préviens-moi si tu veux que je te soulage, susurra-t-il d'une voix rauque avant de reculer. Je serai ravi de te baiser jusqu'à ce que tu oublies tes airs de princesse.

Il n'aurait pas dû dire ça. Pas alors qu'elle commençait tout juste à l'apprécier.

Elle se redressa, ôta les mains du mur et se tourna vers lui, les joues empourprées.

— La classe. La grande classe.

Le menton haut, elle se dirigea droit vers la porte.

— Ne fais pas ça.

Avec un dernier regard par-dessus son épaule, elle ouvrit grand la porte et se mit aussitôt à courir.

Le loup intérieur de Cody prit le dessus. Avant d'avoir pu se refréner, il s'élança derrière elle, le regard braqué sur elle, envahi par le frisson de la chasse. Non, le frisson de l'accouplement. En un clin d'œil, il la rattrapa, son animal lui hurlant de…

Était-ce possible ?

*Marque-la.*

Son loup voulait s'accoupler avec elle… pour de bon.

Il la porta jusqu'à la maison. Son odeur emplit ses narines, l'empêchant de se reprendre. Son corps refusait d'obéir à son cerveau, qui lui ordonnait de la reposer. Mélissa était sa louve, et il devait la revendiquer, la faire sienne, la marquer de son odeur, pour toujours. D'un bras autour de sa taille, il glissa une main sous sa jupe, droit vers son centre. Ses lèvres se posèrent sur son cou. Sans la permission de son cerveau, ses doigts caressèrent son clitoris à travers sa culotte en dentelle.

— Cody ! lança-t-elle d'une voix étranglée.

Sa voix choquée le ramena sur terre.

— Merde.

Il la lâcha comme si elle était en feu et il recula.

— Bon sang, je suis désolé.

Elle tournoya vers lui, et écarquilla les yeux en le voyant. Ses iris devaient être bleu glacier, dévoilant son loup. Merde, ses crocs étaient-ils sortis, eux aussi ?

Ça n'avait aucun sens. Pourquoi aurait-il envie de marquer une humaine ?

Il secoua la tête, tentant de recouvrer son côté humain, sa raison.

Il leva les paumes en signe de reddition.

— Je ne voulais pas perdre le contrôle. C'était... inattendu.

Tandis que sa vue redevenait normale, il se frotta le visage et prit plusieurs inspirations profondes et purifiantes. Mélissa avait les joues rouges, ses tétons dressés bien visibles malgré son soutien-gorge et son chemisier.

Incapable de trouver quoi ajouter, il lança la première chose qui lui passa par la tête :

— Tu as bien failli te faire baiser sauvagement.

Elle lâcha un soupir tremblant.

Cody passa le bout de la langue sur la pointe de ses canines. Elles semblaient normales, à présent, mais il savait qu'il avait été à deux doigts de la marquer. La sécrétion douceâtre dont il l'aurait imprégnée envahissait sa bouche.

Il lui jeta un regard noir, comme si tout était de sa faute.

— Ne fuis jamais un loup excité. Surtout un alpha. Ça déclenche son instinct de revendication.

Elle cilla.

*Bravo, connard, tu viens de tout mettre sur le dos de ta victime.*

Bordel. Il avait merdé sur toute la ligne.

*Tu es minable, comme loup. Tu n'arriveras jamais à rien. Seule une humaine daignerait s'accoupler avec toi.* La prédiction dédaigneuse de son père le soir où il l'avait foutu à la porte lorsqu'il avait seize ans lui revint en mémoire.

Il se passa brusquement les doigts dans les cheveux. Même une humaine ne voudrait pas d'un connard comme lui. Il avait beau avoir passé des années à essayer de prouver qu'il était capable de s'en sortir tout seul, il était toujours aussi nul que le loup adolescent dont son père n'avait pas voulu au sein de sa meute.

— Je suis désolé, Mélissa. Je ne voulais pas te forcer. Est-ce que ça va ?

Elle dodelina de la tête et ouvrit la bouche, mais aucun son n'en sortit. Il détestait la voir comme ça. Il aurait préféré que l'agente immobilière hautaine revienne l'insulter. Mais il valait sans doute mieux qu'elle garde le silence. S'ils reprenaient leur lutte verbale, il craignait de ne pas savoir se retenir. Elle avait déjà bien assez attisé son désir.

Son cerveau avait beau avoir repris du service, son membre poussait douloureusement contre son jean.

Il se dirigea vers sa commode et en sortit un tee-shirt ainsi qu'un boxer et les lança sur son lit en direction de Mélissa.

— Tu peux porter ça en attendant. J'irai te chercher des vêtements demain matin.

Elle ne répondit pas, ne fit pas un geste. Elle haletait, ses lèvres rouges entrouvertes.

— Tu as faim ?

Il s'attendait à moitié à ce qu'elle ne réponde rien ; il méritait qu'elle lui fasse la tête, après ce qu'il avait failli faire, mais elle acquiesça aussitôt. Il tenta de penser à ce qu'il avait chez lui. Pas grand-chose. Il faudrait également qu'il aille lui acheter de la nourriture.

Prendre soin de quelqu'un d'autre lui était complètement étranger. En tant qu'alpha, il était prêt à risquer sa vie pour n'importe lequel de ses frères de meute, mais cela ne signifiait pas qu'il veillait à leurs besoins quotidiens. C'étaient tous des jeunes hommes, des durs, comme lui.

Mais cette petite humaine ? Elle avait besoin de plus, de beaucoup plus. Une part de lui avait beau se rebeller face à cette contrainte, une autre part insistait pour qu'il s'occupe d'elle personnellement. Comme si personne d'autre sur terre n'était capable de le faire correctement.

Ce n'était pas logique, pourtant, car il ignorait tout de la façon dont il convenait de protéger une humaine.

Super, comme s'il n'était pas assez tendu comme ça.

* * *

Mélissa se débarrassa de sa veste et enfila les vêtements de Cody, les doigts tremblants.

Que venait-il de se passer ?

Elle avait failli être agressée. Sauf qu'elle savait que Cody n'avait pas voulu lui faire de mal. Il s'était partiellement transformé : dents allongées, iris bleu ciel. Elle se souvenait de ce qui était arrivé à Ben avant qu'il marque Ashley, et il s'en était terriblement voulu. C'était peut-être pour cela que les humains et les métamorphes ne se fréquentaient pas.

Que se serait-il passé si elle avait été une louve ? Ou plutôt, une louve *pure,* car sa jumelle et elle étaient un quart louves. Elles l'ignoraient jusqu'à il y a peu, mais leur grand-père était un métamorphe. Quand Ben avait marqué Ashley et qu'elle avait récupéré bien plus vite que prévu, elles s'étaient rendues dans le Wyoming pour rendre visite à mamie Jane afin de découvrir leur secret de famille. Elle ne leur avait pas révélé grand-chose, car ces souvenirs semblaient la faire souffrir, mais elle leur avait confirmé que l'homme qu'elles considéraient comme leur grand-père n'était pas le père biologique de leur père. Ce dernier avait été conçu avec un métamorphe, que sa meute avait obligé à abandonner leur grand-mère, car elle était humaine. Il était parti avant de savoir qu'elle était enceinte, et elle n'avait jamais cherché à le lui dire.

Elles avaient parlé de Ben à mamie Jane, mais elles s'étaient toutes trois mises d'accord pour ne rien révéler à leurs parents, sauf s'il devenait absolument nécessaire de les en informer.

Une louve pleine et entière aurait-elle accueilli « l'agression » de Cody avec plaisir ? Non, la situation ne se serait jamais présentée, car elle aurait su qu'il ne fallait pas fuir.

Elle passa les doigts dans ses cheveux emmêlés. Pour être honnête, avant de voir ses crocs allongés, elle avait bel et bien eu envie de lui. Elle aurait écarté les jambes et l'aurait laissé plonger son érection énorme – ce n'était qu'une supposition, mais elle en était convaincue, vu la taille de la bosse dans son pantalon – profondément en elle.

Alors que signifiait l'apparition de ses crocs ? Il n'avait sûrement pas eu l'intention de la marquer. Cela reviendrait à être accouplés pour la vie, et Cody ne semblait même pas l'apprécier, malgré la tension sexuelle entre eux.

Quoi qu'il en soit, une chose était sûre : son instinct avait vu juste, quand il lui avait dit que ce bad boy était un nid à ennuis, comme son ex. Il fallait qu'elle garde la tête froide, qu'elle croise les jambes, et qu'elle ronge son frein. Bientôt, Ben et Ashley rentreraient, et elle pourrait échapper à la protection du loup gris pour se trouver un mec parfaitement normal. Et humain.

Sauf que cette perspective lui semblait bien fade. La normalité ne la satisferait jamais, n'est-ce pas ?

Avec un soupir, elle ouvrit la porte de la chambre, car les gargouillis de son ventre devenaient plus insistants que son désir d'éviter Cody.

Il était debout devant la cuisinière, à la fois viril et incroyablement sexy alors qu'il faisait revenir quelque chose dans une poêle avec une spatule. Les muscles de ses épaules larges se contractaient à chacun de ses gestes, et son torse s'étrécissait jusqu'à une taille fine suivie du plus beau cul qu'elle ait jamais vu chez un homme. Son vieux jean déchiré le mettait en valeur.

Miam. À s'en lécher les babines.

Elle s'éclaircit la gorge.

— Qu'est-ce que tu prépares ?

La pause qu'il marqua avant de lui répondre lui indiqua qu'il savait depuis le début qu'elle avait passé un moment là à le regarder. Bien sûr qu'il le savait. Il devait avoir des sens aiguisés de loup. Elle se demanda quels autres talents possédaient les métamorphes, à part leur capacité à sauter du premier étage, à rattraper une femme de cinquante-cinq kilos en chute libre et à conduire une moto comme Evel Knievel, le casse-cou des années 70.

— Des croque-monsieur, répondit-il.

Elle eut un rire moqueur.

— J'aurais dû m'en douter, toi qui achètes des fringues au supermarché.

C'était un coup bas. Elle adorait les croque-monsieur, en plus, mais puisque Cody la prenait pour une diva, elle avait envie de bien jouer son rôle pour le faire sortir de ses gonds. Cela fonctionna.

Il se tourna brusquement, les sourcils très bas sur ses yeux.

— Je n'ai pas promis de te nourrir, rétorqua-t-il d'un ton d'avertissement en agitant sa spatule dans sa direction.

Avec un petit sourire en coin, elle s'approcha d'un pas sautillant, comme si elle ne le trouvait pas effrayant du tout. Ça paraissait contre-intuitif, mais après ce qui venait de se passer entre eux, elle n'avait presque plus peur de lui. Elle avait vu ses limites.

— Me garder en vie implique sans doute de me nourrir, tu ne crois pas ?

Il pinça les lèvres.

— Ne me cherche pas.

Il se remit aux fourneaux et fit glisser un croque-monsieur dans une assiette à côté d'une tomate entière. Il la poussa dans sa direction sans même se tourner vers elle.

Elle prit l'assiette et regarda la tomate en se demandant comment il voulait qu'elle la mange. En plus, il n'y avait même pas de table. Elle ne l'avait pas remarqué jusque-là, mais il n'y avait ni table ni chaises. Levant les yeux au ciel, elle se dirigea jusqu'au canapé et s'y laissa tomber. Pas étonnant qu'il lui ait semblé sale, s'il y prenait tous ses repas.

Un instant plus tard, il se joignit à elle et s'assit dans le fauteuil d'en face, son assiette chargée de quatre croque-monsieur et de deux tomates.

Comme elle aimait bien le taquiner, elle lui montra sa tomate.

— Comment tu veux que je mange ça ?

Le tic revint dans ses mâchoires.

— Je m'en fous complètement, tu n'es même pas obligée de la manger, princesse. D'ailleurs, pendant ton séjour ici, je devrais te mettre aux fourneaux. J'aurais bien besoin d'une aide ménagère.

Il lui jeta un regard en coin, et elle perçut la lueur provocatrice dans ses yeux.

Cette idée n'enthousiasmait pas du tout Mélissa. Surtout après avoir vécu avec Jeremy, qui ne fichait rien dans la maison. C'était plutôt le regard coquin que lui lançait Cody qui lui donnait chaud partout et faisait tambouriner son cœur. Elle s'imagina vêtue d'un petit uniforme de domestique, en train de courir partout pour satisfaire ses besoins sous peine de recevoir une fessée.

Non. Ça suffit. Ce type était tout ce dont elle ne voulait plus. Il n'était certainement pas fait pour elle.

Histoire de lui tenir tête, elle soutint son regard, prit sa tomate et en mangea une grande bouchée, comme s'il s'agissait d'une pomme. Du jus et des graines lui coulèrent sur le menton, mais elle ne prit pas la peine de s'essuyer.

Cody braqua les yeux sur sa bouche, l'air soudain affamé.

Elle sursauta, le pouls battant à toute allure, lorsqu'il bondit sur ses pieds et se dirigea vers elle à grands pas.

— Qu'est-ce que tu es en train de me faire ? demanda-t-il d'une voix gutturale.

Elle se figea, la tomate toujours entre ses doigts devant sa bouche, alors que son jus lui dégoulinait sur le bras. Elle n'était pas sûre de comprendre.

Il lui ôta la tomate de la main, puis sa bouche fondit sur la sienne. Sa langue lapa le jus avant de l'embrasser sauvagement.

Elle poussa une exclamation.

Il plaça une main sur sa nuque et la hissa sur ses pieds, son corps contre le sien, sans interrompre leur baiser.

Les tétons de Mélissa, nus sous le tee-shirt beaucoup trop grand, se dressèrent et frottèrent contre le tissu en coton doux.

Lorsqu'il recula, il la regardait comme un possédé.

— Tu es sûre de vouloir jouer à ce petit jeu avec moi ?

Étourdie par le désir, elle serait sans doute tombée s'il ne la serrait pas contre son corps solide.

Elle envisagea de jouer les ingénues en demandant « quel petit jeu », mais ils avaient dépassé ce stade depuis longtemps. Cody lui avait donné un avertissement clair : tout comportement suggestif de sa part lui faisait courir le risque d'être baisée. Et vu ses manières, il devait être brusque.

Elle contempla sa barbe naissante, pas tout à fait capable de le regarder dans les yeux.

L'idiote en elle avait envie d'agiter le drapeau blanc et de se rendre. *Prends-moi !* s'écriait-elle, comme le cœur d'artichaut pathétique qu'elle était.

*Pas question.*

Elle posa les mains sur son torse sculpté et le repoussa. Il fit un pas en arrière, mais seulement après un moment d'hésitation, comme pour lui montrer que ses protestations ne pouvaient rien contre un homme – un loup – aussi fort que lui. Ses yeux la transperçaient comme si elle se tenait nue devant lui.

Il porta la tomate dégoulinante aux lèvres de Mélissa, lui offrant une deuxième bouchée.

Après son avertissement, elle aurait dû faire preuve de discernement, mais elle planta les dents dans la chair tendre et ferma les yeux pour savourer son goût, rendu plus intense par l'homme qui la contemplait avec fascination.

Il passa le pouce sur sa lèvre inférieure pour ramener les graines de tomates dans sa bouche.

— Tu ne vas pas faire long feu, ici.

— Comment ça ? s'enquit-elle d'une voix légèrement chevrotante.

Elle lécha le jus sur sa lèvre inférieure, regrettant de ne plus être pressée contre le corps de Cody. Malgré le tee-shirt trop grand et le boxer qu'elle portait, elle ne s'était encore jamais sentie aussi désirable. Avec lui, chaque cellule de son corps s'enflammait en état d'alerte, impatiente d'être touchée.

Il la prit par les hanches, ses doigts fermes contre sa chair.

— Je meurs déjà d'envie de te prendre profondément et de te baiser jusqu'à ce que tu cries mon nom.

Elle resta bouche bée. Ces mots crus auraient dû la choquer, mais apparemment, les propos salaces devaient être son truc, car les flammes de son désir furent seulement attisées. Ses seins lui faisaient mal, gonflés et impatients d'être touchés. Son clitoris pulsait au rythme de son pouls.

— Je... je ne peux pas, parvint-elle à bégayer.

Ce qu'elle voulait dire, c'était qu'elle pouvait. Sans la moindre hésitation. Mais c'était quelque chose qu'aurait fait l'ancienne elle, et elle essayait, très très fort, de ne plus être la jumelle ratée et de faire les choses bien, pour une fois dans sa vie.

Il la lâcha et recula d'un pas. Son regard était toujours brûlant, mais Mélissa vit ses yeux prendre une note méprisante.

— Dans ce cas, garde tes distances, princesse, si tu ne veux pas te retrouver dans une situation compromettante.

# Chapitre Trois

—Je vais prendre une douche, grommela Cody en s'éloignant de la petite tentatrice humaine.

*Une douche froide.* Bon sang, que venait-il de se passer ?

Il ferma la porte de la salle de bains dans un cliquetis sonore et ôta sa tenue de travail. Ben Stone avait foutu un sérieux bordel dans sa vie, avec son petit service entre alphas. Il espérait vraiment que cela vaudrait le coup. Une fois le jet d'eau froide à pleine puissance, il grimpa dans la cabine de douche et se laissa arroser jusqu'à ce que sa chaleur interne commence à s'estomper. Il ferma les paupières et passa une main mouillée sur son visage, tentant d'effacer l'image de Mélissa, le menton dégoulinant de jus de tomate.

Ça n'aurait pas dû être aussi érotique. Mais cette femme avait quelque chose de hors du commun, qui la distinguait des autres humaines. C'était peut-être pour ça que Ben Stone était tombé amoureux de sa sœur. Le fait que le puissant meneur de la meute de Denver, PDG milliardaire d'une boîte de jeux vidéo qui devait avoir l'embarras du choix, niveau louves, avait choisi cette humaine, en disait long.

Il jeta un regard à son membre, toujours à moitié au garde-à-vous. Mieux valait qu'il s'en occupe avant d'approcher l'humaine à nouveau, sous peine d'avoir des ennuis.

Le poing serré sur son érection, une paume en appui sur le mur carrelé, les yeux fermés, il songea à Mélissa. Des images se succédèrent dans son esprit : sa cuisse blanche qu'il avait aperçue lorsque sa jupe s'était relevée, quand elle avait enfourché sa moto ; la façon dont ses bras s'étaient parfaitement enroulés autour de sa taille ; son odeur, enivrante malgré sa qualité humaine.

Il continua de se caresser sans ménagement tandis qu'une deuxième fournée d'images traversait son cerveau : sa culotte en dentelle humide quand il avait effleuré son clitoris, son sexe qu'il avait aperçu. Elle était épilée. Pour qui ? Son connard d'ex ? Cette idée lui fit serrer les dents, et sur les carreaux, ses doigts formèrent un poing.

Il se repassa la scène, puis se demanda ce qui se serait passé si elle avait voulu aller plus loin. Le regard qu'elle aurait pu lui jeter par-dessus son épaule. Une louve aurait montré les dents, se serait mise à quatre pattes pour lui offrir son cul.

*Oui... putain, oui.* Des giclées de sperme chaud éclaboussèrent le mur tandis que ses yeux roulaient dans leurs orbites sous le coup du plaisir. Il se replaça sous le jet d'eau et se rinça, remarquant que son membre restait plein d'espoir, malgré son orgasme.

*Ça n'arrivera pas, mon pote. Reprends-toi.*

* * *

Mélissa prit plusieurs grandes inspirations pour se remettre de l'intensité de la présence de Cody. Le portable de ce dernier se mit à vibrer, et elle y jeta un coup d'œil. Jeremy la rappelait-il ? Elle n'aurait pas dû s'inquiéter pour lui, mais elle ne pouvait pas s'en empêcher. Elle prit le téléphone, mais le nom du correspondant était « Ed Smith ». Sûrement une connaissance de Cody.

Elle avait très envie d'appeler Ashley pour reparler de ces histoires de loups, mais son téléphone était resté chez elle. Tout comme son ordinateur.

Si Cody comptait sérieusement lui interdire de quitter sa maison, elle allait en avoir besoin, sans quoi sa carrière en souffrirait sérieusement, et ça, elle ne pouvait pas se le permettre.

Son regard glissa de nouveau vers le portable de Cody. Elle se demanda si sa douche serait longue. Elle pourrait appeler un Uber et passer devant chez elle. Si les types étaient toujours là, elle n'aurait qu'à demander au chauffeur de la ramener. Mais si les lieux semblaient désertés, elle pourrait y faire un saut et préparer un sac avec le strict nécessaire. Elle avait beau aimer porter le tee-shirt de Cody, il lui fallait de vrais vêtements. Et sa brosse à dents, et son maquillage, et... oui, son téléphone et son ordinateur, bon sang !

Elle téléchargea l'application Uber sur le téléphone de Cody et se connecta à son compte, déjà associé à sa carte de crédit. Elle entra rapidement ses coordonnées, qu'elle découvrit en passant la tête dehors pour trouver le nom de la rue et le numéro de la maison. C'était un bon quartier, réalisa-t-elle. Sa propriété valait sans doute le double de ce qu'elle avait estimé en arrivant. C'était bizarre. Qui achetait une maison dans le quartier d'Old North End pour en faire un atelier ?

Oui ! Un chauffeur était disponible dans cinq minutes. Ça pouvait marcher. Il lui suffisait de s'éclipser avant que Cody sorte de la salle de bains. Bien sûr, à son retour, elle le payerait cher, mais cette idée l'excitait à moitié, aussi fou que cela puisse paraître.

Être punie par un loup sexy et dangereux ? Ça, c'était un truc qu'elle voulait tenter au moins une fois dans sa vie. Elle avait toujours été la jumelle téméraire, comme Ashley aimait bien le souligner.

Lorsqu'elle entendit la voiture se garer devant, elle se glissa dehors. La tenue qu'elle portait était ridicule, mais elle se fichait de ce que le chauffeur pouvait penser d'elle ; c'était une urgence.

Elle bondit dans la voiture et le type prit le chemin de sa maison, qui se trouvait à environ un quart d'heure de là.

Impossible de s'y arrêter, cependant. Il y avait de la lumière partout, et elle voyait la lueur changeante de la télé, ainsi que deux silhouettes sur le canapé.

Merde.

— Je ne m'arrête pas là, en fin de compte, dit-elle aussitôt au chauffeur, qui commençait à se garer. Ramenez-moi là où vous êtes venu me chercher.

Il la regarda dans le rétroviseur, les sourcils froncés.

— Ce n'est pas ce qui était convenu.

— Je sais. Je vais passer la commande tout de suite, dit-elle en lui montrant le portable de Cody en gage de bonne foi.

Le chauffeur grommela, mais la reconduisit chez Cody.

Avant même qu'il se soit garé, elle sentit son estomac se nouer. Un énorme loup gris – vraiment gigantesque – reniflait les marches devant la maison. Il redressa la tête, et des yeux bleu glacier se plantèrent droit dans les siens.

— Oh la vache, c'est un loup ? s'exclama le chauffeur. Fermez votre portière !

— Non, c'est mon chien. Tout va bien. C'est juste un gros husky. Je ne sais pas comment il a fait pour sortir. Je vous donnerai un pourboire via l'application. Merci beaucoup !

Elle claqua la portière derrière elle avant qu'il ait l'occasion de reparler du loup.

Puis elle déglutit et obligea ses pieds à la conduire en direction de la porte d'entrée... et de l'animal gigantesque.

Un grondement sourd monta dans la gorge du loup, et elle s'arrêta net. Était-ce bien Cody ? Et s'il s'agissait d'un autre loup, d'un loup ennemi ?

L'animal plissa les yeux et s'assit sur ses pattes arrière comme s'il l'attendait. Bon, un loup en colère. C'était Cody, aucun doute là-dessus.

— Salut, le loup. Quel grand garçon !

Sa voix chevrotait quelque peu. Elle tourna la poignée de la maison. Dès qu'elle s'ouvrit en grand, le loup entra devant elle.

Pas très galant, hein ? Ce devait être une histoire de hiérarchie. L'alpha d'abord, ou une règle dans le genre. Il lui semblait avoir entendu ça dans une émission sur le dressage des chiens. Non qu'elle compare les métamorphes à des chiens.

Elle le suivit dans la maison et ferma à clé derrière eux. Il se transforma sous ses yeux et se retrouva debout sous forme humaine, son corps superbe complètement nu, son sexe dressé dans un angle droit parfait.

Elle en eut le souffle coupé. Ouah.

*La vache.*

Comme elle s'y était attendue, tout son corps était fait de muscles fermes. Une bonne douzaine de tatouages couvraient sa peau. Elle en resta coite.

Mais elle avait un loup en colère sur les bras. L'agacement émanait de Cody par vagues. Ses yeux n'avaient pas encore repris leur teinte grise, et son regard bleu était glacial. Non, il ne pensait pas au sexe, là.

— Où étais-tu passée, bon sang ?

Elle grimaça.

— J'ai pris un Uber jusqu'à chez moi pour voir s'ils étaient partis. Je tenais à récupérer mon téléphone et mon ordinateur. Comme les types étaient toujours là, je ne me suis pas arrêtée.

Les mots sortirent à toute vitesse, car elle espérait répondre à toutes ses interrogations d'un seul coup.

Il la fusilla du regard et se rendit d'un pas vif dans sa chambre, sans doute pour se rhabiller. Un instant plus tard, il revint vêtu d'un jean, son torse superbe toujours nu, à l'exception de ses tatouages. Elle admira ceux qui couvraient ses biceps gonflés. Il s'agissait de très beaux motifs, semblables à des *crop circles* ou à des symboles anciens. Elle se demanda ce qu'ils signifiaient.

— Qu'est-ce que je t'ai dit qu'il se passerait si tu partais ?

Elle rougit quand ses menaces salaces lui revinrent en mémoire. *Je te donnerai la fessée jusqu'à ce que ce cul parfait soit tout rose et ta chatte trempée.*

Elle ignorait si elle espérait qu'il mette sa menace à exécution ou pas. Elle se mordilla la lèvre.

— Je suis désolée, mais je ne peux pas rester terrée ici pendant des jours sans mon téléphone et mon ordinateur. J'ai des clients et un patron avec qui je dois rester en contact. Je peux faire plein de choses en ligne. Si ça se trouve, je ne perdrai même pas de contrats.

Il dilata les narines et prit une profonde inspiration comme pour se calmer.

— Ta carrière n'aura plus d'importance, si tu es morte. Et j'ai donné ma promesse d'alpha que je te protégerai, ce qui signifie que si tu te fais attraper, ta décision aura aussi foutu ma vie en l'air.

Il la regarda un long moment, son expression insondable. Elle réalisa que ses yeux étaient redevenus normaux, sans savoir à quel moment ils avaient repris leur apparence habituelle. Puis il lui présenta sa paume, comme pour la prendre par la main.

— Viens là, princesse. C'est l'heure de ta punition.

* * *

Il mena Mélissa jusqu'au canapé, la pencha sur l'accoudoir, et lui donna une claque sur les fesses. Elle retint son souffle, mais resta en position, comme si elle était curieuse de voir la suite.

Il lui donna une autre claque sur le derrière. Il ne voulait pas lui faire de mal, pas hors d'un contexte sexuel ou de plaisir. L'espace d'un instant, il s'imagina que Mélissa était sa compagne. Il achèterait l'un de ces paddles rembourrés à fourrure et lui donnerait des fessées qui ne seraient jamais douloureuses, un simple symbole de sa domination.

Il caressa ses adorables fesses, puis leur donna plusieurs tapes supplémentaires. Jusqu'où le laisserait-elle aller ?

Il fit descendre son boxer sur son cul en forme de cœur. Le sous-vêtement était beaucoup trop grand pour elle. Elle avait dû rouler l'élastique plusieurs fois, et le résultat était à la fois sexy et mignon. Le fait qu'elle soit sortie dans cette tenue, et avec un chauffeur, en prime, lui fit serrer les dents. Il avait envie de tuer l'homme qui l'avait vue comme ça.

Il lui saisit les poignets et les coinça derrière son dos d'une main, tandis que de l'autre, il baissait la petite culotte de Mélissa.

Son membre se dressa à la vue de ses fesses nues, prêt à plonger entre ces cuisses magnifiques et ne jamais arrêter d'aller et venir. Il leva la main et la laissa retomber. Elle s'abattit dans un claquement sonore sur sa fesse droite.

Elle sursauta, mais n'émit pas le moindre bruit.

Il répéta son geste sur la fesse gauche.

— Quand je te dis de ne pas sortir, tu ne sors pas, gronda-t-il, amplifiant l'intensité de ses coups.

Il frappa avec un peu plus de force.

— *Vilaine. Fille.*

Elle gémit, comme si être traitée de vilaine fille l'excitait. Oh, que oui. Elle pouvait être sa vilaine fille quand elle voulait.

Il huma la douce odeur de son excitation.

Son cœur redoubla ses battements lorsqu'il réalisa que sa prédiction s'était réalisée.

Elle était vraiment trempée pour lui.

— Je suis désolée. Je ne recommencerai pas.

Il interrompit son assaut et lui massa les fesses, fasciné par la douceur de sa peau. Par l'empreinte de ses mains sur son joli cul.

— Tu ne recommenceras pas quoi ?

— Je ne partirai pas. Je serai sage.

Ça lui plaisait qu'elle soit bien sage pour lui.

Bon sang. Il fallait qu'il arrête de baver devant cette délicieuse humaine.

Mais il ne pouvait pas s'empêcher de masser ses fesses,

de palper sa chair parfaite, incapable de la libérer de la position à laquelle il la contraignait. Il inspira profondément pour tenter de refréner la bête qui lui hurlait de jeter Mélissa sur le canapé et de la prendre de la manière la plus dégradante possible.

— Écarte les cuisses si tu veux que je te soulage, ordonna-t-il d'une voix rocailleuse.

Elle se figea. Seul son dos se levait et retombait à chacune de ses respirations, son visage caché à ses yeux, tourné vers les coussins.

Merde.

Évidemment qu'elle n'allait pas s'offrir à lui. Où avait-il la tête ? Il venait de l'humilier. Elle ne lui adresserait sans doute plus la parole.

À sa grande surprise, elle écarta légèrement les pieds.

Il resta immobile, osant à peine en croire ses yeux.

Elle continua d'écarter les jambes, dévoilant le cœur rose de son sexe, mouillé et rebondi.

Un frisson de désir le submergea.

— Superbe, murmura-t-il, d'une voix qui ne cachait rien de son admiration.

Sans lui lâcher les poignets, il glissa les doigts entre ses cuisses et les fit glisser le long de sa fente.

La façon dont elle se mit à onduler contre l'accoudoir lui fit perdre le contrôle. Il étouffa un juron et chercha son clitoris. Celui-ci était déjà gonflé, chaud sous le bout de son doigt. Il en fit le tour une fois, deux fois, puis lui donna une chiquenaude et le tapota.

Le cri de plaisir de Mélissa le poussa à faire onduler son bassin tout comme elle le faisait. Il fit de nouveau le tour de son clitoris. Chiquenaude. Tapotement.

— Cody...

Il aimait beaucoup trop entendre son nom sur ses lèvres.

Il aimait encore plus l'odeur de son excitation. Il était impatient de la goûter. De découvrir quels cris elle pousserait en jouissant.

Il fit descendre ses doigts en direction de son entrée accueillante. Ils glissèrent dans sa chaleur serrée. Il les fit tourner, le coude plié, pour atteindre son point G.

Avec une exclamation aiguë, elle se redressa, tirant sur sa main qui lui emprisonnait les poignets, les jambes tendues, ses fesses endolories serrées.

— Tu vas jouir pour moi, bébé ?

Sa voix n'avait plus rien à voir avec la sienne. Elle était plus grave de deux octaves.

— Oui, gémit-elle.

— Pour qui tu vas jouir ?

Il ôta ses doigts pour revenir à son clitoris, qu'il caressa, taquina.

Les cuisses tremblantes, elle ondulait inlassablement.

— Pour toi, haleta-t-elle.

Il lui donna une tape sur le clitoris.

— Dis *s'il te plaît*.

— S'il te plaît ? Oh, Seigneur, s'il te plaît, Cody.

— C'est bien, bébé, dis mon nom. Qui te fait jouir ?

— Cody ! C'est Cody qui me fait jouir.

Il plongea de nouveau deux doigts en elle et chatouilla son point G.

Elle poussa un cri. Cette fois encore, elle se cambra, tout son corps tendu en même temps que ses parois internes, qui se contractaient sur les doigts de Cody.

— Oh la vache ! Qu'est-ce que tu m'as fait ? gémit-elle tandis que tout son corps continuait de frémir et de se crisper en rythme sous un orgasme interminable.

Sa jouissance était encore plus impressionnante qu'il l'avait imaginé. S'il n'avait pas été conscient du privilège qu'il avait d'en être témoin, il aurait perdu le contrôle. Le fait de ne pas pouvoir la revendiquer lui était presque insupportable. Et pourtant, s'il le faisait, il craignait de la marquer. L'effet qu'elle lui faisait était indéniable.

Dans une plainte, Mélissa finit enfin. Il la souleva aussitôt dans ses bras et se leva.

— Il faut que je te mette hors de ma portée, princesse, grommela-t-il. Avant de faire quelque chose que je regretterai.

Il la porta dans sa chambre, tira sur la couverture et l'allongea sur le matelas. Elle était adorable dans son tee-shirt trop grand, et il dut se faire violence pour ignorer le fait qu'elle ne portait pas de culotte. Il rabattit la couette pour cacher cette partie de son anatomie.

Il songea qu'il devait dire quelque chose. Le mot *merci* ne semblait pas tout à fait approprié, vu que c'était lui qui l'avait fait jouir, ce que son érection lancinante ne cessait de lui rappeler. *Bonne nuit* serait sans doute adéquat, mais sa langue ne marchait plus — elle était collée à son palais —, donc il se contenta d'éteindre la lumière et de sortir.

Il dormirait sur le canapé. Le plus loin possible de cette petite tentatrice humaine.

* * *

Mélissa était couchée sur le lit, aussi molle qu'une poupée de chiffon. Ses fesses fourmillaient. Le plaisir l'envahissait toujours par vagues, mais elle sentait intensément l'absence de Cody.

C'était sûrement le truc le plus sensuel qu'elle ait jamais vécu. Il l'avait rendue vulnérable, puis l'avait récompensée.

L'intimité très forte de ce moment l'avait mise à vif. Mais la façon éhontée dont elle s'était donnée à lui, dont elle l'avait *supplié* de la faire jouir, lui donnait envie de se cacher dans un trou de souris.

Elle cligna des paupières dans l'obscurité, submergée par les émotions de la journée : de la terreur qu'elle avait ressentie, cachée dans le placard, au stress post-traumatique de son kidnapping de l'année précédente, en passant par la fessée et le sexe. Si on pouvait appeler ça du sexe. Son orgasme. Lui n'avait pas joui, ce qui la surprenait. Elle ne l'avait pas pris pour un mec attentif au plaisir de sa partenaire. Pas du tout.

Elle avait envie d'appeler Ashley, rien que pour entendre sa jumelle, pour lui parler de Cody et de tout le reste. Bon sang, si seulement elle avait son téléphone !

Comme sorti de nulle part, un sanglot l'étouffa. Elle ne savait même pas pourquoi. Elle n'était ni triste ni en colère. Mais toutes les émotions de la journée arrivaient sur le devant de la scène. Elle respira profondément, tentant d'étouffer ses pleurs, mais plus elle essayait, moins cela fonctionnait. Des larmes lui coulèrent sur les joues.

Eh merde.

Bon, au moins elle ne s'était pas effondrée devant Cody.

Pas besoin de donner plus de munitions à ce connard. Non, connard, ce n'était pas le bon mot. Un connard n'aurait pas satisfait ses besoins sans se préoccuper des siens. Un connard ne l'aurait pas portée jusqu'au lit avant de la border comme si elle méritait d'être chouchoutée.

Seigneur, elle était complètement perdue.

La porte s'ouvrit soudain à la volée, et Cody entra d'un pas pressé, l'air redoutable.

Elle battit des paupières et s'essuya les joues en vitesse.

— Merde. Mélissa, je suis désolé. C'est moi qui t'ai fait pleurer ?

Il s'assit à ses côtés et tendit la main vers elle.

Elle ne voulait pas qu'il la voie pleurer. Mais quand elle le repoussa, il emprisonna ses poignets dans une grande main et la hissa sur ses genoux.

Amusant, comme cela l'apaisa immédiatement.

Il serra ses poignets prisonniers contre son torse et avec son pouce, il sécha ses larmes.

Elle retint son souffle.

— Je suis un abruti. Désolé.

Il lui caressa le sommet du crâne, le cou, l'épaule. Pas de façon sexuelle, comme avant. Non, il lui offrait du réconfort. À sa manière, en tout cas.

Un câlin. Oui, ce bad boy tatoué qui jurait comme un charretier et qui venait de lui donner une fessée était en train de la câliner.

— Non, ce n'est pas à cause de toi. C'est à cause de tout ce qui s'est passé. J'ai honte.

— Les larmes sont les armes d'une louve, murmura-t-il. L'odeur des larmes d'une femelle rend son compagnon déchaîné pour la protéger, ou doux comme un agneau pour la consoler.

Elle digéra cette information, se demandant quel était l'effet des larmes humaines sur les loups. Mais ces interrogations ne faisaient pas le poids contre l'épuisement de la journée. Elle se blottit contre Cody, le dos contre son torse, la tête sur son épaule. Ses paupières se fermaient toutes seules tandis qu'elle songeait qu'elle aurait dû être furieuse contre ce métamorphe envahissant, sans y parvenir. Car pour la première fois depuis qu'elle avait été enlevée l'année précédente, elle se sentait bien au chaud et protégée. Peut-être même pour la première fois depuis des années.

Elle se réveilla dans la même position, toujours à moitié couchée sur le torse de Cody. Dès qu'elle bougea, il posa une main sur son crâne et se remit à lui caresser les cheveux. À moins qu'il n'ait jamais arrêté. Elle jeta un regard hébété au radio-réveil sur la table de chevet. Il était deux heures du matin. Elle avait dormi plusieurs heures.

Avait-il fermé l'œil ? Ou s'était-il contenté de l'étreindre pendant tout ce temps ?

Désireuse de se coucher de tout son long, elle rampa hors de ses bras pour se rouler en boule, la tête sur un oreiller.

Cody lui embrassa le sommet du crâne, se leva, et quitta la pièce.

Cette fois, elle ressentit son absence encore plus vivement. Sa chaleur, son odeur, bien qu'elle n'ait jamais fait attention à l'odeur d'un homme, jusqu'à présent. La sienne était particulièrement agréable : un mélange de cuir, de pins, et de mec qui travaillait dur de ses mains.

Elle faillit le rappeler pour lui dire qu'il pouvait partager son lit, mais sa raison prit le dessus. Ce serait une mauvaise idée. Elle avait déjà agi comme une idiote en lui ouvrant ses cuisses et en le suppliant de lui donner un orgasme. Et c'est lui qui l'y avait poussée.

*Dis mon nom. Qui te fait jouir ?*

Même toute seule dans le noir, elle rougit à ce souvenir. Comment avait-il pu la transformer en cette femme insatiable et suppliante ? La débarrasser de toute fierté et la porter aux portes de l'extase en quelques mouvements de doigts ?

Un homme – un loup – comme lui avait dû coucher avec des centaines de femmes pour gagner une telle expertise. Elle était contente d'avoir échappé à une partie de jambes en l'air avec lui. Plus jamais ça. Non merci. Un mec comme lui… Eh bien, elle était déjà à moitié folle de lui. L'intensité de son attirance pour lui la terrifiait. Il fallait qu'elle prenne ses distances et qu'elle serre les cuisses. Pas de sexe, pas de flirt. Et absolument aucun câlin nocturne.

Cody était l'exemple même du bad boy qui lui plaisait, mais cette fois, elle comptait bien résister.

Elle se trouverait un gentil comptable ou ingénieur susceptible d'aimer l'étoile montante de l'immobilier qu'elle était.

Là dehors, un gars sympa, banal et conventionnel n'attendait qu'une chose : rester dans le canapé avec elle et regarder Mad Men en lui tenant la main.

Pourquoi cette idée l'horrifiait-elle à ce point ?

# Chapitre Quatre

Cody ouvrit la porte en silence et entra dans la maison, chargé de sacs du supermarché. Tout semblait calme, et ses oreilles ultrasensibles détectaient la respiration lente de Mélissa dans la chambre. Elle dormait toujours. Il était content ; elle en avait bien besoin.

Il avait dormi moins d'une heure, cette nuit-là. Quand il avait senti l'odeur de ses larmes, il avait été horrifié. Si elle avait pleuré pendant la fessée, cela aurait déjà été catastrophique, mais le fait qu'elle pleure après qu'il avait cru soulager les tensions entre eux – la tension sexuelle, tout du moins – lui avait donné envie de donner un coup de tête dans une poutre métallique.

Il ne savait pas du tout comment consoler une femme. Il n'avait jamais tenté de le faire de toute sa vie, mais l'envie d'y parvenir l'avait envahi. Quand elle l'avait repoussé, confirmant sa crainte qu'elle ne lui pardonne jamais, il n'avait pas pu lui tourner le dos.

Sa compagne avait besoin de lui. Il devait se montrer à la hauteur.

C'était l'impression qu'il avait eue, en tout cas. Mais il

ne voyait pas Mélissa comme sa compagne. Loin de là. Elle était humaine, et pas son genre du tout. Ils ne s'entendaient même pas.

Sauf qu'entre eux, l'alchimie crevait le plafond. C'était ce qu'il ressentait, en tout cas. Après l'avoir consolée, il avait été incapable de dormir ou même de se reposer. Sa proximité faisait chanter son sang. Son cerveau était en boucle : au sujet de son attirance inexplicable pour elle, des ennuis qu'elle lui attirait, de la bonne façon de gagner sa confiance pour qu'elle lui obéisse et le laisse assurer sa sécurité.

Il s'était demandé comment était son ex, et il avait eu envie de massacrer ce type qui l'avait mise en danger.

Il rangea le lait et les autres produits frais dans le réfrigérateur. Réalisant qu'il ignorait tout des goûts de Mélissa, il avait hésité dans les rayons, avant d'acheter tout ce qui lui passait sous le nez.

Il entendit un bruissement dans la chambre, puis la chasse d'eau. La porte s'ouvrit derrière lui, puis des petits pas étouffés retentirent.

Il continua de ranger les articles au frigo le temps de trouver quelque chose à dire.

Comme elle ne parlait pas non plus, il se retourna pour prendre un sac.

— Tiens, il y a quelques vêtements là-dedans. Je suis sûr que tu vas les détester.

Elle lui prit le sac des mains. Étonnamment, elle était encore plus belle avec les cheveux ébouriffés, les joues couvertes de traces de drap. Il posa les yeux sur ses lèvres, qui étaient gonflées et appelaient ses baisers.

Il lui lança un autre sac.

— Il y a un portable prépayé là-dedans. Et un ordinateur portable, pour que tu puisses travailler.

Elle en resta bouche bée.

— Tu m'as acheté un téléphone et un ordinateur ?

— C'est juste un petit ordinateur de voyage.

— Mais je n'ai pas les moyens, dit-elle aussitôt, avant de rougir comme si elle n'avait pas voulu lui révéler ça.

Ses mots le surprirent, même s'il aurait dû s'en douter, vu le quartier où elle habitait. Elle s'était tellement comportée comme une snob qu'il en avait conclu qu'elle était riche. Mais non, c'était une arriviste, le genre qui claque son fric pour avoir l'air fortunée et qui se retrouve couverte de dettes.

— Ton beau-frère a les moyens, répondit-il d'un ton bourru.

Il ignorait pourquoi il ne voulait pas lui dire que pour lui, cette somme était une goutte d'eau, qu'il avait beaucoup d'argent et que ça ne le dérangeait pas de lui acheter des choses. Sans doute à cause des commentaires de Mélissa sur les fringues de supermarché et sur sa maison. Comme si elle était trop bien pour lui.

Il n'avait pas envie de l'impressionner avec son fric, parce que c'était une fille superficielle qui y accordait trop d'importance.

Ce n'était pas très logique, mais pour l'instant, il n'avait pas envie de s'appesantir sur le sujet.

Elle leva les yeux au ciel, et ouvrit les sacs. Elle releva les yeux vers lui et dit d'un ton réticent :

— Merci.

— Qu'est-ce qui manque ?

Il voyait bien qu'elle s'apprêtait à faire une remarque, mais qu'elle s'était mordu la langue.

— Du maquillage, bredouilla-t-elle.

Il fronça les sourcils.

— Tu n'en as pas besoin.

Elle fronça les sourcils.

— Si tu le dis. Après tout, c'est toi qui devras m'avoir sous les yeux.

Il rit.

— Ce que j'ai sous les yeux est parfaitement acceptable, bébé. Mieux que ça.

Le rose lui monta aux joues, faisant ressortir ses yeux. Non, cette fille n'avait pas besoin de maquillage du tout.

— J'ai pris un tas de trucs à manger. Je ne savais pas ce que tu aimais, mais tu devrais trouver ton bonheur. Il faut que je sorte bosser un peu.

Elle haussa un sourcil curieux.

— Dans quoi tu travailles ?

Il hésita.

— Dans le bâtiment.

— Mmm.

Elle ne semblait pas impressionnée, comme il s'y était attendu.

— Il y a du café ?

Mince, il avait oublié.

— Pas de café, grommela-t-il.

Elle le regarda d'un air surpris, comme s'il lui niait ses droits fondamentaux, comme l'accès aux toilettes ou un truc du genre.

— Il va falloir t'y faire, princesse.

Il enregistra son numéro dans son nouveau téléphone.

— Mon numéro est là. Appelle-moi en cas de problème. Est-ce qu'il faut que je fasse garder la maison, ou tu es capable de tenir en place ?

Elle plissa les yeux.

— Je ne bougerai pas.

Il la toisa un instant, à la manière d'un alpha, mais

comme elle était humaine, elle ne comprit pas le principe. Elle ne baissa pas les yeux, même si ses joues prirent une teinte rose adorable.

Il avait beau savoir que tout rapprochement avec elle était malavisé, il ne put s'en empêcher. Il posa une main sur le plan de travail qui se trouvait entre eux et se pencha vers elle jusqu'à ce qu'ils soient nez à nez.

— Si tu mets un pied hors de cette maison, je te donnerai une autre fessée, dit-il d'une voix grave et menaçante en fronçant les sourcils.

Les pupilles de Mélissa se dilatèrent comme si cette idée lui plaisait. Bon, voilà un point commun entre eux. Il huma son odeur avant de s'en aller, et sourit lorsqu'il détecta le musc délicieux de son excitation.

Il appela Ben tout en parcourant à pied les quelques rues qui le séparaient de la maison qu'il rénovait actuellement. Il ne lui restait plus que quelques pièces à peindre et des plinthes à poser.

— Stone à l'appareil.

— Cody Steele. Je voulais savoir si tu avais eu des infos de ton côté.

— Un membre de ma meute, Mark Ruhl, bosse pour les stups à Denver. Il connaît ce Rabago que tu as vu. La rumeur dit que quelqu'un ne l'a pas payé après une grosse livraison à Colorado Springs. Mark va venir interroger Mélissa, mais il a déjà lancé une alerte à toutes les patrouilles concernant son abruti d'ex, Jeremy. Lui ou ses potes doivent être derrière ce deal foireux, si Rabago croit qu'il a le fric. Je suis prêt à rembourser la somme si ça permet d'épargner Mélissa, mais pour ça, il faudrait pouvoir le contacter. Tu sais comment joindre ce type ?

— Pas du tout.

Ses frères de meute n'étaient pas des enfants de chœur,

mais il avait aidé la plupart d'entre eux à devenir des citoyens à peu près respectables. Si l'un d'entre eux était mêlé à des trucs pareils, il l'aurait su.

— Ça marche, je continue mes recherches de mon côté. Toi, contente-toi de protéger Mélissa, et essaye de mettre la main sur son ex.

L'alpha en lui se hérissa à l'idée de recevoir des ordres de la part de Stone, puis il ressentit une pointe de culpabilité en songeant qu'il l'avait laissée seule chez lui. Il aurait peut-être vraiment dû faire garder la maison.

— Qu'est-ce que tu fais avec une compagne humaine, Stone ? demanda-t-il à brûle-pourpoint.

— Va te faire foutre.

— Non, vraiment, j'ai envie de comprendre.

Il passait pour un malpoli, mais il ne pouvait pas expliquer à Ben Stone qu'il trouvait sa belle-sœur ensorcelante. Il tenait à découvrir si Ben avait ressenti la même chose avec la sœur de Mélissa. Avait-il eu envie de s'accoupler à elle dès le départ ?

— Elle est en partie louve, gronda Ben.

Cody s'arrêta dans l'allée de la maison en rénovation.

— Ah bon ? Mélissa aussi ?

— Elles sont jumelles, répondit sèchement Ben.

Cody était énervé de ne pas le savoir. Il ne savait rien d'elle, en réalité, et ça aussi, ça l'agaçait. Mais il n'avait aucune envie d'aborder le sujet avec Ben. Il poserait la question à Mélissa, bon sang.

Il déverrouilla la porte et commença à préparer la maison pour la peindre.

Savoir qu'elle était en partie louve changeait tout. Expliquait tout. Rien ne clochait chez lui. Elle avait du sang de louve qui chantait pour lui. Cela n'en faisait pas pour autant une compagne adéquate. Il avait besoin d'une louve capable de lui donner des louveteaux, pas des petits humains. Mais au moins, il comprenait son attirance pour elle, désormais.

Il étala une bâche sur le sol et remua son pot de peinture, en se demandant si elle aimerait ce qu'il avait acheté pour le petit déjeuner. C'était idiot. Il secoua la tête pour la chasser de ses pensées. Qu'est-ce que ça pouvait lui faire, qu'elle soit satisfaite ou pas ? Il ne cherchait pas à la séduire.

* * *

Pour le petit déjeuner, Mélissa se prépara une omelette, suivie d'un smoothie, puisque Cody avait acheté des myrtilles, des fraises et des framboises fraîches. C'était drôle, elle ne s'était pas attendue à ce qu'un type comme lui achète des fruits. Il avait plutôt l'air du genre à manger des céréales et des conserves. Avait-il fait cet effort pour elle ?

Elle n'avait pas envie d'annuler ses rendez-vous de la semaine ou ses heures de bénévolat pour l'association de soutien aux enfants défavorisés, mais elle ne voyait pas d'autre solution. Avec son portable prépayé, elle appela l'agence pour dire qu'elle avait une angine et qu'elle travaillerait de chez elle. Le téléphone sonna pile quand elle eut fini de manger. Elle ne savait pas si elle devait décrocher, puis elle reconnut le numéro de sa sœur.

— Salut, comment ça se passe ? Cody a envoyé ton nouveau numéro à Ben.

C'était gentil de sa part.

— Tu survis à ton loup dominateur ?

Elle lâcha un petit rire.

— D'accord, alors déjà, tu ne plaisantais pas. Il m'a foutu une fessée !

Ashley éclata de rire.

— Est-ce que ça va ? Vous avez… ?

— Quoi ?

— Couché ensemble ?

Mélissa s'étouffa avec son café, qu'elle recracha sur le plan de travail. Elle le sécha avec une serviette en papier.

— Pas exactement, répondit-elle d'une voix étranglée.

— Qu'est-ce qui s'est passé ?

Seule une sœur jumelle demanderait autant de détails sans la moindre gêne.

— Il, euh, il m'a donné un orgasme, admit-elle en riant.

— Pas mal. C'était comment ?

Pourquoi rougissait-elle alors que sa sœur ne voyait même pas son visage ?

— C'était bien.

Elle mentait. Ç'avait été spectaculaire. Cody avait accompli plus de miracles avec ses doigts que les autres hommes avec leurs doigts, leur langue et leur sexe. Son orgasme avait été explosif.

— Bien, c'est tout ? Qu'est-ce que tu me caches ? Tu n'aimes pas qu'il soit dominateur ? C'est pour ça que tu es tristounette ?

— Je ne suis pas tristounette. Qu'est-ce qui te fait dire ça ?

— Ce n'est peut-être pas le bon terme, mais tu as la voix tout étranglée comme si tu me cachais quelque chose.

— Des types ont essayé de me tuer, je suis à moitié prisonnière d'un loup amateur de fessées, et je ne peux pas voir mes clients, ce qui veut dire que des contrats risquent de me passer sous le nez. Ça explique la voix étranglée, tu ne crois pas ?

— C'est en rapport avec Cody. Je le sens.

Bon sang. Pas facile de berner sa sœur.

— Il est sexy. Et grognon. Il me met sur les nerfs. Je n'arrive pas à le cerner. Un moment je me dis que c'est un ouvrier bas du front et arrogant, l'instant suivant, il me console ou a des petites attentions, sans parler du fait qu'il m'excite et qu'il me fait des avances qui devraient m'énerver, mais qui me font plutôt mouiller ma culotte. Ça fait trop. Je ne sais pas quoi penser.

— Ouah. Je regrette de ne pas l'avoir rencontré. Je ne sais pas si je dois te conseiller de le fuir, ou l'inverse.

— Je crois qu'il vaut mieux que je garde ma culotte bien en place et que je croise les jambes. Il dégage un peu la même chose que Jeremy, et tu sais bien comment ça a fini.

— Oh. Oui, je sais bien. Tu as sans doute raison, dans ce cas. Reste à l'écart. N'attise pas son côté dominateur, parce que si vous couchez ensemble, ça compliquera tout.

— J'en suis arrivée à la même conclusion.

— Ben fait des recherches de son côté sur le connard qui en a après Jeremy. Il le payera, ou son pote l'arrêtera. En tout cas, ils vont régler ça, OK ?

Mélissa soupira, évacuant une partie du stress qu'elle portait en elle.

— Merci, je me sens un peu mieux. Désolée si ça fout en l'air ta lune de miel.

— Mais non, tout va bien. Je suis en train de bronzer sur la plage en buvant un daiquiri à la banane, mais si tu préfères qu'on rentre, je saute dans le premier avion.

— Non. Je t'en prie, reste. Au fait, Ash ?

— Oui ?

— Je n'ai pas envie que Jeremy se fasse tuer. Tu peux dire ça à Ben et à son pote ? Je sais qu'ils s'en foutent de lui, que tout est de sa faute et tout, mais...

— Quoi, tu te sens toujours redevable parce qu'il t'a sauvé la vie ?

— Ouais.

Je savais bien qu'Ashley me comprendrait.

— D'accord, je transmettrai. Prends soin de toi.

— Toi aussi. Amuse-toi bien avec ton loup.

— Je n'y manquerai pas. *Hasta luego, hermana.*

Mélissa se moqua de son accent catastrophique. L'espagnol d'Ashley était déplorable.

— On se rappelle bientôt. Bisous.

Elle raccrocha en souriant et ouvrit l'ordinateur que Cody lui avait acheté. L'installation se fit en un rien de temps, et elle put vite se plonger dans ses mails et ses annonces. Travailler chez Cody ne serait peut-être pas si terrible, du moment qu'elle s'entretenait avec ses clients par téléphone plutôt qu'en personne.

Et bosser en pyjama n'était pas désagréable non plus, même si elle avait bien besoin d'une douche. Elle se leva et s'étira, ramassa le sac de vêtements achetés par Cody, et se rendit dans la salle de bains attenante à la chambre.

Comme le reste de la maison, la salle de bains méritait un bon coup de ménage. Elle plissa le nez en voyant la moisissure aux coins du mur carrelé et le tartre dans la baignoire.

Répugnant. Elle n'y mettrait pas les pieds avant de l'avoir désinfectée au moins trois fois.

Elle fouilla sous le lavabo et trouva de quoi nettoyer. Armée d'une paire de gants en caoutchouc qui lui remontaient jusqu'aux coudes, elle ouvrit une bouteille de produit nettoyant et, brosse à la main, elle se mit à quatre pattes pour astiquer le sol.

Une heure plus tard, elle jugea que la salle de bains était dans un état correct et prit une douche. Bien entendu, le shampoing était merdique et il n'y avait pas d'après-shampooing. En plus, elle détestait – *détestait* – le savon déodorant. *Beurk.* À présent, elle allait sentir l'herbe savonneuse toute la journée.

Elle sortit de la douche et s'enveloppa dans une serviette avant d'aller poser le sac de vêtements sur le lit de Cody.

Elle grogna, amusée, en découvrant un lot de quatre culottes de grand-mère hideuses et pastel. Il avait dû les choisir pour la blague. Peut-être qu'il espérait ainsi tuer dans l'œuf son attirance pour elle. Oh, ouah, un legging violet. Elle éclata de rire en voyant le débardeur avec *Princesse* écrit en fuchsia sur la poitrine.

— Très drôle, le loup-garou, marmonna-t-elle.

Il y avait aussi quelques articles normaux au sein de la pile. Il lui avait acheté le même jean en taille 36 et 38 ; il ne devait pas savoir quelle taille conviendrait. Plusieurs tee-shirts de couleurs unies et des jolies culottes en coton susceptibles de lui aller. Rien qu'elle aurait acheté d'elle-même, mais cela valait mieux que de porter son tee-shirt et son boxer.

Elle sortit du sac de grandes chaussettes d'écolière qui devaient remonter jusqu'aux cuisses. Il les avait sûrement achetées pour la provoquer.

Parfait. S'il voulait la voir là-dedans, elle assurerait le spectacle.

* * *

Cody déverrouilla la porte d'entrée et l'ouvrit. Avant de s'arrêter net. Mélissa était en train de frotter le sol de la cuisine à quatre pattes vêtue de... *Bon sang.*

Il déglutit alors que sa température montait d'un bon

degré. Mélissa portait une culotte noir et rose, qui couvrait malheureusement la plus grande partie de ses fesses, mais l'arrière de ses cuisses était visible au-dessus des chaussettes montantes noir et blanc qu'il lui avait achetées.

Elle se retourna, dressée sur les genoux, avec des airs de pin-up. Elle avait revêtu le débardeur *Princesse* sans soutien-gorge, ses tétons dressés bien visibles sous le tissu fin. Elle s'était fait des couettes – des couettes, putain –, façon Harley Quinn dans *Suicide Squad,* ce qui lui allait à merveille.

Il grogna et replaça son sexe dans son jean pour soulager la douleur.

Elle fit tourner une couette autour de son doigt et prit une voix faussement innocente :

— C'est ça que tu voulais que je porte, Cody ?

La bouche sèche, il recula contre la porte, car il ne se faisait pas assez confiance pour l'approcher.

— Je t'avais prévenue de ce qui se passerait si tu rejouais à ce petit jeu, non ?

Sa voix était grave et rauque, ses poings serrés, ses ongles plantés dans ses paumes.

— C'est plutôt ton petit jeu. C'est toi qui m'as habillée.

— Tu vas te faire baiser si fort que tu oublieras comment tu t'appelles.

Elle se leva et bomba le torse, ses seins dressés vers lui.

— C'est toi qui as acheté ces vêtements.

Bon, elle n'avait pas tort. Sauf qu'il les avait achetés pour plaisanter. Il ne s'était pas du tout attendu à ce qu'elle en fasse une tenue super sexy qui le ferait bander aussitôt.

*Ne t'éloigne pas de cette porte,* ordonna-t-il à son corps.

— Tu as trois secondes pour courir dans la chambre et fermer la porte à clé. N'en ressors pas avant d'avoir enfilé...

Il s'éclaircit la gorge.

— Quelque chose que je pourrai supporter.

Elle ne fit pas un geste, ses grands yeux bleus écarquillés.

— Si tu restes là, je te pencherai sur l'accoudoir du canapé et j'enfoncerai ma queue entre tes jolies cuisses en moins de dix secondes. *File.*

Elle s'éloigna lentement, sans cesser de le dévisager. Une fois devant la chambre, elle se précipita à l'intérieur et claqua la porte. Ce n'est qu'après avoir entendu le verrou se fermer qu'il s'autorisa à respirer.

Il se passa les doigts dans les cheveux d'un geste brusque. *Bordel de merde.*

— Ne ressors pas ! lança-t-il vers la porte.

*Pas avant une semaine, au moins.* Il ignorait comment il allait faire pour se débarrasser de son érection enragée. Il se frotta les paupières, tentant d'effacer l'image gravée sur ses rétines de Mélissa en train de récurer le sol dans cette tenue. Il avait terriblement envie d'elle.

Il regarda le seau et la brosse sur le sol un long moment avant de réaliser qu'elle était véritablement en train de faire le ménage. Ce n'était pas que de la comédie. Un rapide coup d'œil alentour lui révéla les tapis aspirés, les surfaces époussetées, les documents placés en piles bien nettes. Même ses meubles avaient été dépoussiérés.

*Eh ben.*

Il ne savait pas très bien comment réconcilier l'image de cette femme d'intérieur appliquée et de la snob qui se moquait des vêtements de supermarché.

Elle s'était échinée à faire le ménage chez lui, ce dont il lui était reconnaissant. Il devait bien admettre qu'il ne prenait pas assez soin de sa maison. S'il vivait avec des gens, il ferait sa part de corvées, mais comme il était seul, ce n'était pas nécessaire. Il passait ses journées à rénover des maisons pour d'autres personnes, afin qu'elles soient parfaites. Chez lui, il n'avait pas autant d'inspiration. Mais à présent qu'il voyait les lieux avec les yeux de Mélissa, il grimaçait. Ce n'était pas très glorieux. Certainement pas le genre de logement où l'on ramenait une fille pour l'impressionner.

Mais il n'avait jamais cherché à l'impressionner, si ?

Il sortit par la porte de derrière pour allumer le barbecue. Il avait acheté deux steaks, et cuisiner pour elle après qu'elle avait fait le ménage chez lui lui semblait soudain important.

— C'est bon, tu peux sortir, lança-t-il en rentrant dans la maison.

Il sortit les steaks du frigo et les plaça dans une assiette pour les couvrir d'épices et de sauce Worcestershire.

— Seulement si tu as enfilé une autre tenue, ajouta-t-il à la hâte.

Elle émergea, vêtue d'un jean et d'un tee-shirt rose vif. Il grimaça.

— Je vois.

Elle croisa les bras. Elle portait un soutien-gorge, cette fois, ce qui lui évitait de souffrir en voyant ses tétons.

— Qu'est-ce que tu vois ? rétorqua-t-elle.

— J'aurais dû te laisser choisir tes propres vêtements.

Elle était toujours canon, car l'habillement ne pouvait pas enlaidir une femme comme elle, mais cette tenue ne lui allait pas. Le jean était trop grand et le tee-shirt trop petit.

Elle rit doucement, son visage illuminé par un sourire sublime.

Il agita le doigt dans sa direction et dit, s'attendant à moitié à ce qu'elle l'envoie chier :

— Viens là, Mélissa.

Elle lui obéit, pourtant, et l'ondulation de ses hanches

tandis qu'elle approchait d'un pas sautillant ruina tous les efforts qu'il avait fournis pour calmer sa libido effrénée.

Il la prit par le poignet et la fit pivoter face au plan de travail, plaçant ses paumes à plat sur le rebord.

— Écarte les jambes, bébé, lui murmura-t-il à l'oreille.

Étonnamment, elle obéit.

Il abattit lourdement la main sur une fesse couverte de jean.

Elle haleta, mais ne quitta pas sa position.

Il frappa son autre fesse. Tout aussi fort.

— Tu sais ce qui te vaut cette fessée, princesse, gronda-t-il.

D'un geste plus doux, il lui donna une tape sur le sexe.

— Oh !

Il colla son bassin au sien et fit remonter son jean sur son clitoris.

— Merci d'avoir fait le ménage chez moi, susurra-t-il avant de lui mordiller le lobe de l'oreille. C'était gentil de ta part. Désolé pour le bazar.

Il ne s'excusait pas souvent, et ce n'était pas facile, surtout avec elle. Heureusement, elle ne prit pas son attitude hautaine. Bien sûr, elle ne l'avait peut-être même pas entendu, car il n'arrêtait pas de tapoter la couture de son jean au niveau de son clitoris, et elle se tortillait contre lui en haletant.

— J'ai découvert pourquoi tu sentais si bon, pour une humaine, dit-il avec un coup de langue sur le contour de son oreille. Tu as du sang de loup.

— Ça t'excite ?

Le ronronnement rauque de sa voix rendit presque son membre bionique alors qu'il tentait de transpercer son jean, pour pénétrer ce joli petit cul qu'elle n'arrêtait pas de frotter contre lui.

Son champ de vision s'étrécit, mais il prit de grandes inspirations pour tenir la bête à l'écart.

— Combien de temps il me faudrait pour te donner un orgasme ici même, sans prendre la peine de t'enlever ton jean, à ton avis ?

Elle tremblait contre lui et fit onduler son sexe contre ses doigts. Comme elle ne répondait pas, il donna une nouvelle claque à son pubis.

— Alors ?

— Je ne sais pas, gémit-elle.

Elle avait l'air proche du but. Très proche.

Il glissa une main sous son tee-shirt et pétrit son sein.

— Trente secondes ? Plus ?

Elle se retourna et se jeta à son cou, les ongles plantés dans sa chair. La louve en elle fit de nouveau rugir la bête qui rôdait, prête à la marquer.

Il appuya le pouce contre son clitoris et enchaîna les tapes contre son sexe.

Elle poussa un cri aigu et tira sur sa nuque, pendue à son cou alors que ses jambes cédaient.

Remontant de nouveau fermement son jean sur son clitoris, il gronda :

— Jouis pour moi, bébé.

Elle lâcha prise. Ses hanches se mirent à onduler sauvagement, et il dut s'accrocher à elle pour continuer d'appliquer la pression nécessaire au bon endroit. La tête rejetée en arrière, elle lui griffa la base du cou et cria encore et encore tandis que son corps était pris de tremblements.

Lui aussi tremblait, tant ses efforts pour réprimer son désir étaient grands. Il la plaqua aux placards de la cuisine. Ses yeux avaient changé de couleur, il le savait à la manière dont elle les regardait, la peur et la fascination luttant sur son visage.

— Tu... ne devrais pas faire ça, dit-elle le souffle court.

Elle avait beau avoir raison, cela le vexa. Il aurait voulu qu'elle gémisse son nom, qu'elle se blottisse contre lui, pleine de gratitude extatique.

Mais bien entendu, cela n'arriverait pas. Pas avec Mélissa et ses exigences inatteignables pour lui. Avec un effort surhumain, il la lâcha et fit un pas en arrière.

Il récupéra son assiette de steaks et se rendit d'un pas lourd dans le jardin pour les faire griller.

* * *

Comme la dernière fois où Cody l'avait menée à l'orgasme avant de l'abandonner brusquement, elle se sentait à la dérive. Son corps se languissait de sa chaleur, de son odeur masculine, de sa voix rauque dans son oreille. Son clitoris la lançait, à vif après cette torture.

Quand il s'était éloigné, il avait paru vexé.

Que cherchait-il à prouver ? Qu'il pouvait tout aussi bien la contrôler grâce au sexe que grâce à la menace d'une punition ? Ou était-il simplement incapable de se maîtriser ?

Elle espérait secrètement qu'il s'agisse de la deuxième proposition.

Elle avait vu la faim dévorante sur son visage quand il était rentré et l'avait vue dans cette tenue. Il avait serré les poings et était resté figé sur le seuil, comme s'il avait craint de se rapprocher.

Elle ouvrit le réfrigérateur et sortit de quoi préparer une salade, se mettant machinalement au travail tandis que son cerveau ruminait son problème d'un mètre quatre-vingt-quinze.

C'était peut-être ainsi que les loups draguaient. Des échanges sexuels furtifs parsemés de menaces. Et elle l'avait repoussé après son orgasme. C'était sans doute pour cela qu'il était parti en rogne, les mâchoires agitées par le tic qui prouvait qu'elle avait de nouveau réussi à l'exaspérer.

Leurs échanges étaient presque devenus un jeu pour elle. Sauf que ce n'était pas un jeu qu'elle était sûre de vouloir gagner. Pas si Cody la prenait pour une garce sans cœur qui ne pensait qu'à elle, l'impression qu'elle était consciente de lui avoir donnée.

Sauf que rien ne l'obligeait à se montrer sous son vrai jour. Ils n'étaient pas en couple, et elle avait d'ores et déjà décidé que rien n'était possible entre eux.

Quand elle eut terminé de servir la salade sur deux assiettes, Cody revint avec les steaks grillés, l'air toujours furieux.

— Mmm, ça sent divinement bon, dit-elle, tentant d'ignorer la tension entre eux.

— Alors tu manges bien de la viande ? demanda-t-il d'un ton bourru.

Elle se demanda s'il s'agissait d'un sous-entendu. Se plaignait-il qu'elle ne l'ait pas encore sucé pour lui revaloir ses orgasmes ?

Elle lui jeta un regard en coin et se contenta d'un « ouaip » ambigu.

Il jeta un regard aux assiettes qu'elle avait préparées.

— Merci pour la salade.

Il semblait parler à contrecœur, comme si la remercier pour quoi que ce soit lui en coûtait, ou comme si les bonnes manières n'étaient pas son rayon. Cela lui donna un pincement au cœur. Faisait-il un effort pour se montrer poli ?

— Merci pour le steak, dit-elle d'un ton volontairement léger et amical.

Il ajouta des couteaux à viande sur leurs plateaux et ils s'installèrent sur le canapé.

— Combien de sang ?

Elle savait de quoi il parlait. De ses origines louves.

— Un quart. Ma grand-mère a eu une liaison avec un loup de Cheyenne. Il a été obligé de la quitter parce qu'elle était humaine, et il n'a jamais appris sa grossesse.

Cody fronça les sourcils, le front plissé par la surprise.

— Ta grand-mère ne pouvait pas le chercher pour le lui dire ?

Elle planta sa fourchette dans un morceau de steak et l'engloutit.

— Mmm.

Cody arrêta de manger pour admirer ses lèvres tandis qu'elle mâchait.

— C'est un délice.

Il sembla se forcer à tourner les yeux vers sa propre assiette pour manger un morceau de steak.

— Elle ne l'a pas cherché, répondit enfin Mélissa. Elle a dit que sa meute l'avait forcé à la quitter, donc elle ne voulait pas s'en mêler. Il avait déjà fait son choix.

Cody s'essuya la bouche avec une serviette en papier. Quelque part, elle était surprise de ses bonnes manières à table. Elle l'avait pris pour une sorte de rustre, mais il avait tout de suite placé une serviette sur ses genoux, et il mâchait la bouche fermée et de façon mesurée pour un grand type affamé. Elle ne plaçait pas la barre très haut, mais ni Jeremy ni les hommes avec qui elle était sortie avant lui ne s'en sortaient aussi bien.

— Ça aurait tout changé, dit-il d'un ton détaché. Elle aurait dû le lui dire. Les loups prennent soin des leurs.

Une pointe de curiosité lui piqua la poitrine. Elle avait envie de savoir comment les loups prenaient soin des leurs, et pas de façon hypothétique, mais spécifiquement. Comment un play-boy comme Cody, un célibataire invétéré, de toute évidence, prendrait-il soin d'une femme qu'il aurait mise enceinte sans le vouloir ? Elle secoua la tête pour chasser cette drôle d'idée de son esprit. D'où lui venaient donc ces idées ?

Cody poursuivit :

— Il aurait protégé sa femelle et ce louveteau au péril de sa vie, il aurait subvenu à leurs besoins. C'était le père de qui ? De ta mère ou de ton père ?

— De mon père.

Elle avala une nouvelle bouchée de viande savoureuse. Cody l'avait assaisonnée et l'avait légèrement grillée, et le centre saignant fondait dans sa bouche. Elle était vaguement surprise qu'il sache cuire un steak aussi raffiné, s'étant attendue à ce qu'il le noie dans la sauce barbecue ou pire, dans le ketchup. Au lieu de cela, son steak était meilleur que dans les grills les plus réputés du Colorado.

— Ton père ne s'est jamais transformé ?

— Non, et il n'est au courant de rien. Ashley et moi l'avons seulement découvert quand Ben l'a marquée.

Cody observa de nouveau ses lèvres, une expression affamée sur le visage, avant de la regarder dans les yeux.

— Que s'est-il passé ?

Mélissa hésitait à le lui dire, car il s'agissait de la vie d'Ashley et de Ben, après tout. Mais une part d'elle qu'elle ne souhaitait pas examiner de trop près lui soufflait que Cody devait le savoir, que c'était nécessaire, au cas où cela deviendrait utile pour... eux.

— C'est arrivé accidentellement. Ben a perdu le contrôle et l'a mordue là.

Elle indiqua la zone de son épaule à la naissance de son

cou, tout en se remémorant l'affreuse blessure de sa sœur juste après les faits.

— Elle s'en est remise beaucoup plus vite que prévu, ce qui a mené l'un des membres de la meute à se demander si elle avait du sang de loup. On a réalisé qu'on n'était jamais malades ni blessées, et que notre père se vantait souvent d'être immunisé contre le rhume. En plus, sur son livret de famille, aucun père n'est mentionné. Du coup, Ashley et moi sommes allées dans le Wyoming pour poser la question à notre mamie Jane, et elle nous a raconté toute l'histoire.

— Dans le Wyoming, hein ? Comment il s'appelait ?

Elle secoua la tête.

— Notre grand-mère ne nous l'a pas dit. Pourquoi, tu connais des loups là-bas ?

Cody hocha la tête.

— Oui. Notre communauté n'est pas très grande.

Il avait terminé son steak et sa salade, et il s'essuya de nouveau la bouche avant de poser sa fourchette et son couteau comme au restaurant.

— La meute du Wyoming sera présente à Estes Park le mois prochain pour les jeux annuels. Tu devrais peut-être t'y rendre.

Elle le regarda bouche bée.

— Tu y vas, toi ?

Un muscle se contracta dans sa mâchoire.

— Non. C'est mon père qui les organise, et on ne s'entend pas.

Elle mit cette information de côté pour l'analyser plus tard. Ça ne l'étonnait pas beaucoup qu'il ne s'entende pas avec son père. Il avait beau approcher de la trentaine, il dégageait clairement quelque chose de rebelle.

C'était dans la nature de Mélissa de rendre service, même aux hommes qui ne le méritaient pas, alors elle se leva et emporta leurs assiettes dans la cuisine. Elle n'eut pas besoin de vérifier pour savoir que Cody l'avait suivie du regard, et elle devait bien admettre qu'elle adorait ça. Le fait qu'il semble incapable de maîtriser son désir – malgré son dédain affiché pour elle – lui donnait un sentiment de pouvoir et de plaisir.

# Chapitre Cinq

ody rangea de nouveau un pistolet à sa ceinture.

— Viens, princesse.

Mélissa venait tout juste de finir de laver la vaisselle à la main, une vision qui avait bien failli lui faire perdre toute retenue. Son côté fée du logis le faisait bander à mort. D'ailleurs, tout chez elle le faisait bander. Mais le fait qu'elle veuille participer lui faisait plaisir, et pas par goût du ménage bien fait.

Cela contredisait la première impression qu'elle lui avait fait, quand il l'avait prise pour une humaine hautaine. Cela touchait également à quelque chose de plus primitif : son loup y voyait la preuve qu'elle était digne de devenir sa compagne.

Dommage que son loup se plante.

Un quart louve, ça voulait aussi dire trois quarts humaine. Il avait grandi à Estes Park, dans le Colorado, dans une ville de montagne uniquement peuplée par des métamorphes. Il n'avait jamais eu affaire aux humains. Même après s'être fait virer de chez lui à seize ans, il était resté avec les siens. À l'exception de quelques nuits sans lendemains avec des humaines, il ne leur trouvait pas grand intérêt. Et les moqueries de son père l'avaient convaincu qu'il préférait encore mourir célibataire plutôt que de s'accoupler à une humaine, ce qui lui donnerait raison.

Après avoir nettoyé le plan de travail une deuxième fois, elle se tourna vers lui. Qui nettoyait deux fois le plan de travail ? Il se demanda si elle faisait ça après chaque repas.

— On va où ? lui demanda-t-elle.

— Au centre commercial pour t'acheter des vêtements.

La surprise passa sur son visage, puis son expression se rembrunit.

— Oh. Écoute, je n'ai pas mon sac à main, donc je n'ai pas de carte de crédit ni rien.

— Je m'en occupe.

Il ne prétendit pas qu'il enverrait la facture à son beau-frère, cette fois. Il commençait à réaliser qu'elle ne lui demandait sans doute pas d'argent, ce qu'il pouvait comprendre.

Elle haussa un sourcil dubitatif, et il s'agaça. Elle pensait qu'il n'en avait pas les moyens. Si elle savait qu'il avait un demi-million de dollars en banque et deux millions et demi investis dans des propriétés, elle ne serait sans doute pas aussi snob avec lui. Mais il ne voulait pas l'impressionner grâce à son argent, surtout qu'elle serait justement du genre à être impressionnée par ça. Sa superficialité lui donnait envie d'être lui-même à cent pour cent : brusque, vulgaire et prolétaire.

— Tu n'as pas peur que je me fasse repérer ? s'enquit-elle.

Il lui ouvrit la porte.

— Si, un peu. Mais je serai avec toi.

Elle lui passa devant et leva son petit nez retroussé vers lui.

— Tu as vachement confiance en toi, hein ?

Il lui donna une claque sur les fesses et la suivit dehors.

— C'est pour ça que je suis un alpha, bébé.

Elle ricana, puis s'arrêta sur le trottoir, les yeux braqués sur le logo de son pick-up.

— Tu bosses pour CJ Steele ?

Il n'hésita qu'un instant avant de répondre sans rien laisser paraître :

— Ouais.

Ce n'était pas un mensonge. Il s'appelait Cody Jack Steele, sauf qu'il se faisait plutôt appeler Cody que CJ. Alors oui, il était à la tête de cette entreprise, et il bossait pour lui-même.

Elle tourna le regard vers lui, et une émotion semblable à de l'admiration brilla dans ses yeux.

— Sérieux ? Tu restaures les maisons d'Old North End ?

Il tenta d'ignorer le plaisir que son ton admiratif provoquait chez lui. Ce devait être son loup intérieur, qui cherchait toujours à s'envoyer en l'air avec cette humaine aux jambes fuselées.

— Ouais.

— Ouah. Ça se passe comment ? Il dit ce qu'il souhaite et les ouvriers exécutent ? Ou bien il y a une formule... un cahier des charges à respecter pour que tout ait le même style ? Tu travailles pour lui depuis longtemps ?

L'agacement à l'idée qu'elle le prenne pour un simple exécutant luttait contre sa joie face à son enthousiasme. Il estimait que son entreprise faisait du bon travail, et le marché semblait être du même avis, mais la révérence avec laquelle elle parlait lui donnait l'impression d'être un putain de héros.

— J'étais dans l'entreprise dès ses débuts. C'est Steele qui décide de tout, je dirais.

Il lui ouvrit sa portière, surtout car il savait qu'elle ne l'imaginait pas galant, puis il fit le tour du pick-up et se glissa derrière le volant.

— Mon premier dossier en tant qu'agente immobilière, c'était avec CJ Steele, dit-elle d'un ton de regret. Je me suis complètement foirée.

Cette humilité rare chez elle le fascina, et il la vit rougir à ce souvenir tandis qu'il démarrait.

— Comment ça ? s'enquit-il.

Elle haussa les épaules.

— J'ai perdu le marché. Un truc conséquent, une maison à un demi-million de dollars. C'était horrible. Moi qui étais si fière d'avoir obtenu ma certification et qui pensais que j'allais enfin m'en sortir, j'ai merdé sur toute la ligne.

Il n'aimait pas l'entendre parler d'elle-même comme ça. *Enfin* s'en sortir ? Elle n'avait pas l'air d'une ancienne ratée comme lui. À l'exception de son ex petit ami douteux, bien sûr.

Il se creusa la tête pour trouver de quel contrat elle parlait, mais il y en avait eu beaucoup, et il ne savait pas à quand cela remontait.

— J'ai loupé une inspection, et Steele est passé par une autre agence. Il avait sans doute reçu une meilleure offre, et il attendait la première erreur de ma part pour se désister.

Cette fois encore, elle semblait pleine de regrets, plutôt qu'amère. Il ne se rappelait pas du tout avoir annulé une vente parce qu'il avait reçu une meilleure offre, mais il se souvenait effectivement d'un contrat annulé six ou sept mois plus tôt à cause d'une histoire d'inspection.

— C'est *Steele* qui a annulé le contrat ?

Elle haussa les épaules.

— L'immobilier, c'est un monde impitoyable. On ne sait jamais si c'est l'agent qui joue les durs, ou le type derrière. Je préfère me dire que c'était son agent.

Les lèvres de Cody frémirent.

— Pourquoi ?

— J'adore le boulot de Steele. Je l'admire vachement pour ce qu'il a accompli en ville en quelques années seulement.

— Ha.

Un plaisir irrationnel monta en lui.

— Je meurs d'envie d'acheter une maison signée CJ Steele. Elles sont tellement belles.

Le respect et l'admiration dans sa voix lui provoquaient un pincement au cœur, ce qui n'avait aucun sens. Ça ne pouvait pas être parce qu'il voulait qu'elle exprime cette admiration pour lui, Cody, au lieu de ce Steele qu'elle avait mis sur un piédestal.

Il se gara devant le centre commercial de Briargate et jeta un regard sinistre devant lui. Il aurait préféré se faire arracher les ongles plutôt que d'aller faire du shopping. Il aurait bien voulu filer une liasse de billets à Mélissa et l'attendre dans la voiture, mais ce serait trop dangereux. Il jeta un regard à l'heure sur le tableau de bord.

— Tu as quarante-cinq minutes pour trouver ce qu'il te faut.

Elle ouvrit de grands yeux, comme si faire ses achats aussi vite était impossible.

— Pourquoi ? Qu'est-ce qui presse ?

— Quarante-cinq minutes, c'est la durée avant que ma patience expire, dit-il en indiquant le centre commercial. Et crois-moi, tu ne veux pas découvrir ce qui se passe ensuite.

Il parlait sans doute comme un vieux con grognon, mais

Mélissa gloussa. Voir son sourire lumineux lui coupa le souffle. Il était angélique. Il lui donnait envie de la faire rire à nouveau, mais il ne trouva rien d'amusant à ajouter. Au lieu de cela, ses propres lèvres le surprirent en esquissant un sourire à leur tour.

Leurs regards plongèrent l'un dans l'autre, s'attardant jusqu'à ce qu'il prenne sur lui et sorte du pick-up.

Mélissa se dirigea droit vers la boutique Anthropologie d'un pas pressé. Apparemment, elle voyait ce chrono comme un défi. Souriant, il la suivit, les yeux braqués sur ses fesses en forme de cœur.

Elle s'affaira avec efficacité, sachant visiblement ce qu'elle voulait, et sortant des vêtements des portants d'un air déterminé. Il resta dans l'entrée, les bras croisés sur la poitrine. Vu les regards que les gens lui lançaient, il détonnait. Mais bon, il avait l'habitude. Ses tatouages et son apparence peu commode lui valaient des regards inquiets où qu'il aille. Toutefois, cela ne faisait que souligner la différence entre Mélissa et lui, et pour une raison inconnue, cela le mit en rogne.

Il ne s'intéressait pas à Mélissa. Il avait uniquement envie d'écarter ses cuisses laiteuses et de la baiser vite et fort jusqu'à ce qu'elle le supplie de la laisser jouir. Qu'est-ce que ça pouvait lui foutre, qu'ils soient compatibles ou pas ? Ce n'était pas comme s'ils étaient en couple.

Sauf qu'il savait que tous ces arguments étaient des mensonges. Son loup la voulait, et pas seulement pour le sexe.

*Compagne.*

Il jura dans sa barbe, s'attirant d'autres regards nerveux de la part de la clientèle.

Il ne s'accouplerait pas à une humaine. Et encore moins à une sale gamine hautaine comme elle. Mais le souvenir de son visage illuminé par son sourire lui repassa en mémoire, et il se radoucit aussitôt. Ce sourire avait été sincère, c'était la vraie Mélissa. La fille qui l'avait laissé la prendre dans ses bras quand il l'avait fait pleurer. La fille... qu'il lui fallait.

* * *

Dans sa tête, Mélissa tenta de dresser la liste des vêtements qu'il lui faudrait. Quelques trucs décontractés, et une tenue compatible avec le travail, au cas où. Des sous-vêtements. Quelque chose pour dormir. Elle ne voulait pas dépenser trop d'argent ; elle n'avait pas grand-chose sur son compte pour rembourser Cody, raison pour laquelle elle aurait préféré se servir d'une carte de crédit remboursable plus tard.

Elle gardait un œil sur l'heure, pas par peur des conséquences si le chrono « expirait », mais parce qu'elle aimait les défis. Dix-huit minutes. Elle se dirigea vers les caisses avec les vêtements qu'elle avait choisis tout en lançant un regard à Cody. Ça l'embêtait vraiment qu'il paye pour elle. Elle ignorait quelle était sa situation financière, mais être un boulet pour lui ne lui plaisait pas.

Il la rejoignit, d'un pas plus souple et gracieux qu'elle ne l'aurait imaginé chez un homme aussi grand et musclé. Mais ce n'était pas un homme ordinaire. Elle se souvint du loup gris de la veille. Énorme. Menaçant. Magnifique.

Il fourra la main dans sa poche et en sortit une liasse de billets, comme elle s'y était attendue de sa part. Pas de portefeuille. Pas de carte de crédit. Juste un gros tas de liquide. Un peu comme Jeremy. Cela signifiait-il qu'il trempait dans des affaires illégales, comme son ex ? Pourquoi aurait-il autant d'argent liquide, sinon ?

Il attrapa un sac à main sur un portant et le posa sur le comptoir.

Elle lui jeta un regard interrogateur, et il haussa les épaules.

— Il te faut un sac, non ?

Elle se mordit la langue pour ne pas répliquer *oui, mais pas celui-là*. Il la prenait déjà pour une garce chichiteuse. Examinant le portant, elle troqua rapidement le sac qu'il avait choisi contre un autre avant que la caissière le scanne.

Cody paya l'intégralité des – *oups* – deux cent quatre-vingts dollars. Il plaça une main sur sa nuque alors qu'ils sortaient.

— T'inquiète, bébé. Tu as peur de devoir me rembourser ?

L'avait-elle laissé paraître ? Elle n'aimait pas dépendre de lui comme ça. Elle raidit le dos et leva le menton.

— Non, j'ai les moyens. Il faut juste que je récupère mes affaires.

Sa voix était un peu plus aiguë qu'à l'accoutumée.

Il l'examina un moment, et elle se sentit mise à nu, comme s'il voyait à travers ses mensonges. Il s'arrêta, sa main sur la nuque de Mélissa l'obligeant à s'arrêter, et il la fit pivoter vers lui. Il lui leva le visage et dit de sa grosse voix grave :

— Je m'en occupe.

Une lueur brilla dans ses yeux et il ajouta :

— Mais tu as le droit de montrer ta reconnaissance à ton *sugar daddy* comme tu le souhaiteras.

Elle esquissa un sourire en coin en lisant le désir pur dans son expression. Se remémorant la sensation de pouvoir qu'elle avait ressentie en le provoquant, l'après-midi même, elle passa les doigts sur son torse, le long de ses muscles sculptés.

— Oh, vraiment ? roucoula-t-elle d'une voix sirupeuse, les paupières mi-closes. Ici ? Dans le centre commercial ?

Les iris de Cody devinrent bleu clair.

— Fais gaffe, dit-il d'une voix râpeuse et deux octaves plus grave que la normale.

Il enfouit les doigts dans les cheveux de Mélissa et les enroula autour de son poing, lui tirant la tête en arrière tout en la plaquant contre son corps. La bosse insistante de son érection était pressée contre son ventre.

Il eut un rire dur.

— Tu crois que je ne trouverais pas le moyen de te baiser sauvagement ici, dans le centre commercial ? Je suis un loup plein de ressources, quand on me lance un défi.

La bouche sèche, elle sentit la chaleur de son centre descendre à l'intérieur de ses cuisses. Quand elle s'humecta les lèvres, il braqua les yeux sur sa bouche, le corps raide.

— Cody, dit-elle d'une voix tremblante. Les gens nous regardent.

Il se départit de son expression sauvage et se détendit, mais il continua de la serrer contre lui.

— Il fallait y penser avant de jouer les allumeuses.

Ses yeux redevinrent gris. Il pencha la tête et, à la grande surprise de Mélissa, il l'embrassa. Pas d'un baiser doux et tendre, mais d'un baiser intrusif et violent.

Elle resta immobile, toute retournée, tandis que la langue de Cody glissait entre ses lèvres, qu'il les mordillait et les suçait, avant de changer d'angle et de recommencer.

Quand il la lâcha, ce fut tout d'un coup : sa main quitta ses cheveux, il releva la tête et fit un pas en arrière.

Elle vacilla, étourdie à cause du baiser, essoufflée. Tremblante.

— Je vais devoir te punir, marmonna-t-il.

Cette fois, l'excitation provoquée par ces mots était évidente. Elle sentit son sexe se contracter et une chaleur liquide couler entre ses jambes.

*Oh, oui !*

Les narines de Cody se dilatèrent et il tourna brusquement la tête, le regard posé sur une femme tendue à l'air inquiet et ses deux enfants qui passaient en trombe à côté d'eux. La petite fille, qui semblait avoir sept ou huit ans, tordit le cou pour regarder Cody jusqu'à ce que sa mère la tire par le bras et la presse d'avancer.

— Tu les connais ?

Cody fronça les sourcils.

— Non.

Elle patienta, car *non* n'était pas une explication suffisante pour la façon dont la petite fille et lui s'étaient observés.

— Ce sont des métamorphes. Je ne les avais encore jamais vus.

— Oh, dit-elle, surprise. Tu arrives à les… renifler ?

— Ouais.

— C'est inhabituel, ce genre de moment ? Vous êtes censés vous dire bonjour ou un truc du genre ?

Il lui adressa un rare sourire, comme s'il la trouvait amusante, ou mignonne.

— Oui. C'est ma ville, j'en suis l'alpha. Si elle vit ici, elle aurait dû venir me voir pour se présenter.

— Elle n'en a peut-être pas encore eu l'occasion ?

Mais même en prononçant ces mots, elle réalisa que la femme avait clairement donné l'impression qu'elle cherchait à éviter Cody avant qu'il la remarque.

Il haussa les épaules, l'air néanmoins troublé.

— On verra bien, dit-il avant de sortir son téléphone. Il te reste neuf minutes.

— Quoi ? s'exclama-t-elle, indignée. Tu ne peux pas compter le temps qu'on a passé à...

Il croisa les bras.

— Je ne peux pas ?

Avec un regard affolé vers la rangée de boutiques, elle se rua vers l'Ann Taylor Loft, où elle comptait trouver un tailleur.

— Mince, j'espérais que tu choisirais cette boutique-là, grommela Cody en indiquant le Victoria's Secret.

— Ouais, tu m'étonnes, répliqua-t-elle sans ralentir le pas. Tu t'imaginais que je te ferais un défilé en lingerie.

— Hé, c'est toi qui t'amuses à titiller mon loup. C'est toi qui le regretteras quand tu finiras à quatre pattes au beau milieu du centre commercial.

Cette fois, elle savait qu'il n'était pas sérieux, qu'il cherchait seulement à la taquiner. Qu'est-ce que cet homme – ce loup – parlait cru ! Elle aurait dû détester les propos salaces qui sortaient de sa bouche, mais ils enflammaient son centre. Et il avait beau jouer les dominateurs prêts à l'humilier, savoir qu'elle éveillait de tels désirs chez lui la faisait se sentir puissante.

Il lui donna une claque sur les fesses, parvenant grâce à ses longues jambes à tenir la cadence effrénée de Mélissa. Elle entra en coup de vent dans la boutique et choisit deux chemisiers et une jupe. Cody alla les payer à la caisse.

— Prête ?

Elle avait espéré acheter des chaussures, car elle n'avait que ses talons et les baskets que Cody lui avait achetées au supermarché, mais elle avait déjà dépensé assez d'argent comme ça.

— Oui. Merci.

Elle se mit sur la pointe des pieds et l'embrassa sur la joue, ce qu'il sembla également trouver adorable.

85

# Chapitre Six

Ce soir-là, Cody laissa Mark Ruhl, l'agent des stups baraqué de Denver, pénétrer chez lui.

— Je suis désolé de ne pas avoir pu venir plus tôt, on avait une grosse opération de prévue hier, et j'ai passé la journée à boucler la paperasse.

Il serra la main de Cody et entra.

— Bonsoir, tu dois être Mélissa, dit-il en lui serrant aussi la main. On s'est rencontrés au mariage de Ben et Ashley, mais tu ne t'en souviens sans doute...

— Si, je me souviens de toi, coupa-t-elle d'un ton gai en lui adressant le sourire éblouissant qui mettait Cody dans tous ses états.

Il serra les poings. Il espérait qu'elle ne se souvenait pas de Mark Ruhl avec une tendresse particulière, sinon... Il ferma les paupières et tenta de refréner la bête qui rugissait en lui.

*Ce n'est pas notre compagne.*

Sauf que cette affirmation lui donnait encore plus envie d'exploser le crâne du gentil agent des stups. Son loup rageait pour la marquer, sans prêter attention au fait que

Cody n'appréciait même pas Mélissa, et qu'il refusait catégoriquement de s'accoupler à une humaine.

— Tu veux une bière ?

— Oui, merci. Je peux m'asseoir ?

Mark se dirigea vers le canapé, suivi par Mélissa, un peu trop proche au goût de Cody.

Il sortit trois bouteilles de Budweiser du frigo.

Il devrait peut-être coucher avec elle histoire de se la sortir du crâne. Entre eux, c'était électrique, qu'ils le veuillent ou non. Mélissa s'enflammait dès qu'il la touchait, presque comme si elle ne pouvait pas s'en empêcher. C'était peut-être pour ça qu'elle avait pleuré, cette nuit, après qu'il l'avait fait jouir. Elle n'avait pas voulu lui faire ce plaisir.

Cette idée lui fit serrer les dents, lui donna envie de donner un coup de poing dans le mur. Jamais il ne forcerait une femme, et l'idée qu'elle ait pu ne *pas* aimer ce qu'il lui avait fait... Mais non. Il l'avait comblée, ça crevait les yeux. Pourquoi avait-elle pleuré, dans ce cas ?

L'odeur de ses larmes avait instantanément fait réagir Cody, lui causant une douleur presque physique. Cela provoquait deux réactions jumelles et qui pourtant semblaient contradictoires. Une hyperfocalisation : son corps en alerte, prêt à se transformer pour la protéger d'un éventuel danger, mais aussi un grand calme, afin d'être en mesure de l'apaiser. Il tenta de se rappeler s'il avait déjà ressenti ça avec une femme. L'une d'entre elles avait-elle déjà pleuré en sa présence ? Il craignait que cette réaction soit uniquement causée par une compagne.

Il décapsula les bières et les porta par le goulot jusqu'au canapé. Mélissa refusa d'un air hautain.

— Désolé de ne pas avoir de bière de luxe pour toi, princesse.

Elle leva les yeux au ciel, rougissant comme si elle était

gênée d'être épinglée devant Mark. Cody eut envie de foutre la tête de l'autre loup dans les toilettes.

Mark était en train de raconter quelque chose à Mélissa ; quelque chose que Cody aurait sans doute dû écouter.

— La boutique où travaillait Jeremy a été braquée il y a quelques jours. C'est lui qui l'a signalé à la police.

Mélissa hocha la tête, comme si elle était déjà au courant.

— Mon hypothèse, poursuivit Mark, c'est qu'il était complice et que c'est pour cette raison que Rabago en a après lui.

Mélissa pâlit.

— Tu as des informations là-dessus ?

Elle battit rapidement des paupières comme pour ravaler des larmes, et répondit d'une voix chevrotante :

— Non. Mais tu dois avoir raison. Le soir du braquage, quand il est rentré, il m'en a parlé. Je l'ai trouvé très exalté, mais je me suis dit que ce devait être l'adrénaline ou le contrecoup. Ton hypothèse est plus logique.

Mark hocha la tête.

— Avec qui est-ce qu'il aurait monté un coup pareil, à ton avis ?

Elle déglutit, puis secoua la tête.

— Je ne sais pas. N'importe lequel de ses potes. Ce sont tous des abrutis.

Cody ne se formalisait pas de l'amertume de Mélissa envers Jeremy, mais ce qui le dérangeait, c'était l'émotion que ce raté semblait lui inspirer. Pourquoi ? Tenait-elle toujours à lui malgré tout ?

— Et tu n'as pas eu de nouvelles de Jeremy depuis hier ? Quand est-ce que tu l'as vu pour la dernière fois ?

— Quand je suis partie au travail, le matin.

— Et lui, il est allé au travail ce jour-là ?

— Je ne sais pas.

Elle chassa une mèche de cheveux auburn qui lui tombait sur le visage. Ses yeux hagards lui donnaient envie de tordre le cou à son connard d'ex petit ami.

— Tu as tenté de le contacter ?

— Oui, je lui ai envoyé un message pour le prévenir de ne pas rentrer à la maison. Il n'a jamais répondu.

— Bon, j'aimerais bien mettre la main sur lui avant que Rabago le fasse. On pourrait lui offrir notre protection en échange de son témoignage contre ce trafiquant. Sinon, Ben a proposé de payer ce que doit Jeremy à Rabago pour que tu ne sois plus menacée. C'est seulement mon deuxième choix, par contre. Je préférerais empêcher ce salaud de nuire.

Mélissa dodelina de la tête.

— Je ne veux pas que Ben se retrouve obligé de payer les dettes de Jeremy, moi non plus.

— Que se passera-t-il si Rabago trouve Jeremy en premier ? s'enquit Cody.

Pour sa part, il préférait la seconde option. Plus vite Mélissa était hors de danger, mieux ça vaudrait. Il ne serait plus mêlé à ce bordel. Sauf que ce n'était pas tout à fait vrai. Il n'avait pas encore fini d'explorer son attirance physique envers elle.

Ouais, il fallait juste qu'il la baise pour passer à autre chose.

— Jeremy serait probablement un homme mort, répondit Mark. Mais ils voudront retrouver l'argent avant de le tuer, alors garder Mélissa cachée dans un endroit sûr est primordial. S'ils attrapent Jeremy, ils le tortureront, et ils n'hésiteront pas à menacer de tuer Mélissa pour le faire parler.

Cette dernière pâlit.

— Il faut que tu trouves Jeremy avant eux, alors, dit-elle.

— En effet, répondit Mark.

Mélissa contemplait ses mains, et quelque chose disait à Cody qu'elle savait où le trouver.

— Si Ben payait Rabago, qui s'occuperait de la négociation ? demanda-t-il.

Mark pinça les lèvres.

— Je ne sais pas. Ça ne peut pas être moi ou quelqu'un de mon équipe. Et Ben me tuerait si je laissais Mélissa le faire, bien qu'elle soit la candidate la plus logique.

— Je te tuerais d'abord, grommela Cody, ce qui lui valut un haussement de sourcil de Mélissa. Je peux m'en occuper.

Mark forma un triangle avec ses mains, les coudes posés sur les genoux.

— Tu es prêt à le faire ?

— Oui.

— Tu serais mon premier choix, à moi aussi. Principalement parce qu'un loup saura se débrouiller en cas de problème. Comme je l'ai dit, j'aimerais autant éviter cette option, cependant.

— Tu as une idée de l'endroit où pourrait se trouver l'argent volé ? demanda Cody à Mélissa.

Elle secoua la tête.

— Pas la moindre. On se parlait à peine, ces derniers mois, et même avant, on n'était pas si proches que ça.

Il retroussa la lèvre, mais se retint de lui demander pourquoi elle vivait avec un connard qu'elle n'avait jamais aimé. Il se renseignerait une autre fois.

— Ça ne te dérange pas de la garder ici ? lui demanda Mark. Sinon, je peux l'emmener à Denver et la protéger là-bas.

Cody se hérissa, même si au fond, il savait qu'il vaudrait mieux être débarrassé d'elle.

— Elle reste ici, répondit-il d'un ton cassant.

Mélissa fronça les sourcils.

— Je suis parfaitement capable de la protéger, ajouta-t-il.

Mark le regarda d'un air curieux.

— Je ne remettais pas en question ta capacité à la protéger, dit-il d'un ton égal.

— OK.

Il savait qu'il se montrait désagréable, mais il ne pouvait pas s'en empêcher. Tout ce qui touchait à Mélissa semblait le mettre en rogne.

— Bon, tout le monde a le signalement de Jeremy. Je vais envoyer mes agents chez Mélissa pour voir s'ils peuvent coffrer Rabago ou ses gars pour effraction.

Il ajouta à l'attention de Mélissa :

— Tu ne pourras pas rentrer pour autant.

Elle se rembrunit, mais hocha la tête.

Mark se leva et Mélissa et Cody lui emboîtèrent le pas, lui serrant de nouveau la main avant de lui dire au revoir.

Après son départ, Cody poussa un soupir de soulagement et mit les mains sur les hanches. Cette histoire était un vrai merdier.

* * *

Mélissa regardait Cody faire les cent pas dans son petit salon. Un muscle tressautait dans sa mâchoire, ses sourcils étaient froncés. Elle avait beau n'avoir rien demandé, elle regrettait qu'il ait été mêlé à tout ça.

— Je ne veux pas que tu apportes cet argent à Rabago, dit-elle, assise sur le canapé.

Il tournoya et lui jeta un regard noir.

— Pourquoi ?

— Tu ne devrais pas avoir à risquer ta vie comme ça. Ce ne sont pas tes problèmes, et tu en as déjà assez fait pour m'aider. C'est moi qui devrais apporter l'argent.

— Pas question, gronda-t-il.

— Je suis désolée que Ben t'ait mêlé à tout ça. Tu ne me connais même pas, et tu n'es pas responsable de ces bêtises. Je sais que tu n'avais pas signé pour ça.

Il haussa un sourcil.

— Tu crois ça ? J'ai fait ma promesse d'alpha à Stone. Ça veut dire que je dois être prêt à risquer ma vie pour te protéger. Alors si, j'ai signé pour ça.

Il continua de faire les cent pas, mains sur les hanches, narines dilatées par la colère.

Elle se leva et lui barra le passage.

— Qu'est-ce qui te met en rogne à ce point, dans ce cas ?

Il poussa un juron et se passa brutalement la main dans les cheveux, les ébouriffant dans tous les sens.

Levant un doigt, il répondit :

— Premièrement, je n'arrive pas à comprendre ce que tu foutais avec cet abruti.

Elle eut un mouvement de recul, et sa bouche s'emplit d'amertume.

— Eh bien figure-toi que moi non plus, OK ? répliqua-t-elle d'un ton aigu. Question mecs, j'ai un goût désastreux, un problème auquel j'ai l'intention de remédier.

Elle lui jeta un regard mauvais, mais tressaillit lorsqu'il eut l'air d'avoir lu dans ses pensées : il faisait partie des hommes qu'elle comptait éviter.

Il s'approcha d'elle, nez à nez, et la fusilla du regard.

— Qu'est-ce que tu sous-entends ?

Elle rougit, mais ne se laissa pas impressionner.

— Que je ne toucherai plus aux losers. Je vais me trouver quelqu'un d'honorable. Et stable. Et normal.

*Et chiant à mourir.*

Le muscle dans la mâchoire de Cody tressauta à nouveau.

Elle croisa les bras d'un air de défi et reprit :

— Tu as dit premièrement. Il y a une suite ?

Elle ignorait pourquoi elle le provoquait, pourquoi elle cherchait la bagarre, mais elle ne pouvait pas s'en empêcher.

— Ouais, il y a une suite.

Il cessa ses déambulations et leva la main pour gesticuler, puis sembla se raviser.

— Laisse tomber, grogna-t-il.

Quant à elle, elle était partante pour crever l'abcès.

— Tu déconnes ou quoi ? Si tu ne veux pas de moi ici, tu n'aurais pas dû dire à Mark que je devais rester chez toi. Et d'ailleurs, l'un de vous aurait peut-être dû me demander ce que moi je préfère, tu ne crois pas ?

— Qu'est-ce que tu préfères, princesse ?

Sa voix était glaciale, cette fois, sa colère brûlante oubliée, et Mélissa s'en aperçut, quelque peu surprise. D'où venait un tel venin ?

Cody indiqua la porte.

— Tu préfères que Mark devienne ton protecteur ? C'est ça ? Ben a le droit de le mêler à ça, mais pas moi ? J'imagine qu'il a plus l'air d'un chevalier servant, avec son uniforme et sa plaque de police, hein ?

Elle sursauta comme s'il l'avait frappée, et elle comprit enfin. Elle avait piqué sa fierté. Se radoucir et lui jurer qu'il avait mal compris n'éteindrait pas cet incendie. Elle se dirigea vers lui à grands pas et planta l'index dans son torse.

— Pas du tout, putain ! s'exclama-t-elle.

Sans cesser de lui jeter un regard noir, il attendit la suite.

Elle avait du mal à trouver ses mots. Ils étaient en conflit. Elle n'avait pas envie de lui céder quoi que ce soit. Mais elle n'aimait pas non plus le voir en colère.

— Tu es le seul chevalier servant du coin, à mes yeux.

Il semblait méfiant, comme s'il craignait qu'elle se foute de lui.

— Mark fait juste son boulot. C'est toi qui m'as offert la protection de ta meute. Si tu n'étais pas aussi suffisant et arrogant, je me serais peut-être montrée un peu plus reconnaissante.

Les lèvres de Cody frémirent aux commissures.

Elle sentit son cœur faire un bon en voyant son regard passer des flammes aux braises ; une chaleur d'un genre différent.

— Je n'ai pas besoin de remerciements, marmonna-t-il.

Il la saisit par la nuque et la tira vers lui pour s'emparer de sa bouche, comme il l'avait fait au beau milieu du centre commercial. Elle ferma les paupières et se laissa aller à ce baiser, qui n'était pas moins violent ou dévorant que le dernier.

Il glissa une main le long de son dos et lui saisit les fesses, les pétrissant et la collant à lui. Il passa une jambe entre ses cuisses, et elle ondula pour y frotter son clitoris.

Elle gémit.

— C'est ça, bébé, continue de gémir, c'est sexy.

Il lui mordilla l'oreille, et ses dents effleurèrent sa joue avant qu'il se remette à baiser sa bouche avec sa langue.

Elle faisait rouler son pelvis de bas en haut sur la cuisse de Cody, et cette stimulation la rendait dingue.

Il se pencha pour passer un bras sous ses fesses et la souleva aisément afin qu'elle enroule les jambes autour de sa taille. Elle s'accrocha à sa nuque, sans cesser de bouger les lèvres sur les siennes dans une danse désespérée.

Elle savait que c'était une mauvaise idée. Elle ne voulait pas d'une relation avec un autre bad boy comme Cody. Mais depuis qu'il l'avait sortie du placard de sa chambre, elle luttait contre son attirance pour lui. Si elle laissait les choses suivre leur cours, la tension sexuelle entre eux se calmerait peut-être. Elle n'était pas obligée de sortir avec lui pour ça.

Cody la souleva davantage et lui mordit le sein. Elle poussa un cri aigu.

— Enlève ton haut, Mélissa.

Pas une suggestion. Un ordre.

Pouvait-elle faire ça avec lui ? Il n'était pas tout à fait humain. Sa part de loup serait peut-être ingérable.

— *Tout de suite*, insista-t-il les dents serrées. Sinon je le déchire.

Elle ôta son tee-shirt en vitesse et le jeta par terre. Cody la plaqua contre le mur et baissa son soutien-gorge.

— Aïe, protesta-t-elle lorsque les bretelles s'enfoncèrent dans ses épaules. Ça va pas la tête ?

Cody se figea, haletant, les yeux bleu glacier. Quelques instants plus tard, ses iris avaient repris leur teinte gris ardoise. Il la lâcha doucement, et elle glissa le long du mur pour se retrouver debout.

Le regret envahit les traits de Cody. Il prit son visage entre ses mains et lui caressa la joue avec le pouce.

— Bon sang, Mélissa, je suis désolé. Je vais te faire du mal.

Cette sinistre prédiction collait à la conclusion à laquelle elle était déjà arrivée, mais cela ne rendait pas les choses plus faciles pour autant.

Son clitoris pulsait au rythme de son cœur galopant.

Son soutien-gorge pendait à moitié, une bretelle toujours accrochée à son épaule. Elle ne voulait pas qu'il arrête.

Il lui caressait le cou de bas en haut, à la naissance de son épaule.

— Bébé... Je ne peux pas...

Il cligna des paupières.

— Je ne devrais pas...

Il secoua la tête.

— Les humaines sont trop fragiles pour les loups. Crois-moi, je ne rêve que d'une chose : écarter tes cuisses sexy et te baiser jusqu'à ce que tu oublies tes grands airs, mais...

Il se pencha et huma son cou.

— Ton odeur me rend complètement dingue, et je risque de perdre le contrôle et de te mordre. Et ça, ni toi ni moi n'en avons envie.

Elle déglutit avec difficulté, la gorge nouée.

— Bien sûr, bredouilla-t-elle d'une voix éraillée, bien qu'elle ne sache pas très bien de quoi il parlait.

Bien entendu, s'accoupler avec lui serait une grosse erreur. Oui, elle était d'accord. Elle le repoussa, et il recula.

— Il est tard, bredouilla-t-elle. Je vais me coucher.

Il ne répondit pas, ce qui valait sans doute mieux. Ils n'avaient pas grand-chose d'autre à se dire, n'est-ce pas ?

# Chapitre Sept

Cody dormit sous forme de loup. C'était l'idée la plus sûre : moins de tentation d'aller dans la chambre pour finir ce qu'il avait commencé avec la belle rousse qui y dormait. Il se réveilla à l'aube et passa la tête par la porte.

Mélissa était assise, superbe avec ses longues ondulations ébouriffées, ses joues roses. Le loup de Cody gémit presque en la voyant. Elle écarquilla les yeux, mais sortit du lit et se dirigea vers lui. Elle portait un tee-shirt à lui, et ses longues jambes fuselées l'auraient fait grogner, s'il s'était trouvé sous forme humaine.

Il trottina jusqu'à la salle de bains afin de s'y transformer, pour qu'elle ne voie pas l'érection gargantuesque qu'il avait dès qu'il se transformait en sa présence, mais elle le retint.

— Cody ? dit-elle d'une voix rendue rauque par le sommeil.

Il s'arrêta et se retourna. À sa grande surprise, elle enfouit les doigts dans sa fourrure.

— Je peux te caresser ? Tu veux bien ? J'ai juste envie de sentir...

Il dut prendre sur lui pour ne pas se transformer et lui dire de plutôt caresser la partie de son anatomie qui se languissait d'elle depuis leur rencontre.

Elle passa les mains sur son corps et le caressa.

Il songea qu'il n'avait pas été caressé ainsi depuis des années. Peut-être même depuis toujours. Ah, si, sa mère caressait sa fourrure quand il était louveteau. Mais elle était morte quand il avait huit ans, et son père et sa belle-mère n'avaient jamais été très affectueux. Et il avait beau avoir une vie sexuelle, il n'avait jamais eu de petite amie. Personne pour le toucher simplement pour le sentir, sans motif sexuel.

Un frisson lui traversa tout le corps. Qu'était-ce ? Du plaisir ? Oui, mais pas sexuel, c'était autre chose.

Elle lui grattouilla les oreilles, enfonça le visage dans la fourrure de son cou.

Il tourna la tête pour lui lécher l'épaule.

Elle gloussa et s'agrippa à lui de plus belle.

Il s'ébroua et trottina vers la salle de bains, se transformant juste avant d'y entrer.

Mélissa se figea en le voyant nu, bouché bée. Lorsque ses yeux se posèrent sur son membre saillant, il haussa les épaules.

— Ça arrive quand je me transforme.

Il ferma la porte derrière lui et alluma l'eau, sans prêter attention à l'érection qui faisait rage. Il devait visiter deux chantiers pour vérifier leur état d'avancement, puis aller voir son agent immobilier. Et il n'aimait pas laisser Mélissa seule trop longtemps.

Quand il émergea de la douche, il la trouva dans le

salon, en train de faire une sorte d'exercice de yoga sur son sol.

Il ravala un gémissement, aussitôt excité à la vue de ses fesses levées, seulement couvertes d'une petite culotte.

— Sérieusement, princesse, tu cherches à me torturer ?

— Je ne vois pas de quoi tu parles, dit-elle d'un ton un peu trop innocent. Je travaillais juste mon chien tête en bas.

Si elle avait été sa compagne, il l'aurait baisée dans cette position pour la punir de l'avoir provoqué comme ça. Imaginer tous les petits jeux auxquels ils pourraient s'adonner le poussa à se figer sur place, les yeux braqués sur son postérieur ô combien attrayant.

Puis il perdit le peu de maîtrise qu'il avait. Sans même savoir ce qu'il faisait, il rejoignit Mélissa et lui baissa la culotte autour des chevilles.

Elle poussa un cri aigu, hilare, et tenta de se retourner, mais il glissa un bras autour de sa taille pour la maintenir pendant qu'il abattait la paume sur ses fesses.

Elle laissa échapper une exclamation. Son entrée brillante de nectar et l'odeur de son excitation envoyèrent Cody en orbite.

Il souleva sa prisonnière et la porta jusqu'au canapé, où il s'assit avec Mélissa sur ses genoux, dos à lui.

— Pose les mains par terre.

— Quoi ?

Sans attendre qu'elle obéisse, il la mit en place lui-même, poussant son buste vers l'avant jusqu'à ce qu'elle ait les paumes par terre et les jambes de chaque côté des siennes, un peu comme une brouette.

— À mon tour de te montrer ma posture de yoga préférée.

Ses fesses lui étaient présentées, son sexe étiré et luisant.

— Ce n'est pas du yoga, protesta-t-elle.

Ignorant son commentaire, il asséna une claque à chaque fesse. Elle s'immobilisa. Il saisit sa chair à pleines mains tout en traçant de petits cercles avec ses pouces à la naissance de ses cuisses.

— Si tu étais une gentille fille, je te ferais jouir. Ça te plairait, bébé ?

Il effleura l'une de ses petites lèvres, et elle émit un son confus.

— Comment ?

Elle ne répondit pas.

— Tu veux une autre fessée, c'est ça ?

Il frappa chaque fesse d'un geste ferme.

— Noooon, gémit-elle. Je serai sage.

Il glissa le pouce de bas en haut pour lubrifier sa vulve.

— Tu veux que je te fasse du bien, bébé ?

— Oui, soupira-t-elle. Cody...

Il adorait entendre son nom sur ses lèvres.

— Voilà, tu es gentille, là.

Il caressa rapidement son clitoris, avant de ralentir le rythme.

— Aaah, s'écria-t-elle.

Il lui donna une petite tape sur le derrière.

— Du calme, ma belle. Interdiction de jouir avant que je t'y autorise, c'est bien compris ?

Il savait qu'elle pourrait jouir après seulement quelques caresses, et il voulait prendre son temps. S'il ne pouvait pas baiser cette petite humaine sexy, il pouvait au moins savourer le plaisir de lui donner un orgasme. Il jeta un coussin à ses pieds.

— Mets-toi à l'aise.

Elle prit le coussin et le posa sur les pieds de Cody

avant d'y poser la joue, les bras enlacés autour de ses jambes.

Il lui infligea plusieurs claques sur les fesses, content de la voir se cambrer pour lui, ses cuisses tremblantes, son sexe trempé.

— Qu'est-ce qui arrive aux provocatrices ?

Il enfonça le pouce en elle pendant que le reste de sa main enveloppait son pubis et massait son clitoris.

— Aaah !

De son autre main, il lui donna une claque bruyante sur les fesses.

— Qu'est-ce qui leur arrive ?

— Ça ? répondit-elle d'une voix chevrotante.

Ravalant un petit rire, il continua de la fesser au même endroit, sans cesser d'aller et venir en elle avec son pouce.

— Ça quoi ?

— Une punition, haleta-t-elle en ondulant sur ses genoux.

Il ôta son pouce et tourna toute son attention sur son clitoris, ce qui poussa Mélissa à contracter les jambes autour de sa taille dans une excitation palpitante.

Il s'interrompit et lui donna de nouvelles claques sur le derrière. Il trempa le pouce dans ses fluides et le fit remonter jusqu'à son anus, traçant les contours de ce petit bouton de rose.

Elle se débattit comme pour échapper à ses genoux. Il la saisit par les hanches et la tira en arrière.

— Où crois-tu aller comme ça ?

Il appuya avec insistance sur son entrée de derrière, patientant jusqu'à ce que l'anneau de muscles se détende.

Son pouce s'ouvrit une brèche, et il cracha dessus pour aider à la lubrification, avant d'aller et venir. Il glissa son autre pouce dans son sexe, alternant les pénétrations.

— Oh la vache, gémit-elle. Cody...

— Ta punition te plaît, bébé ?

— Oui, souffla-t-elle. S'il te plaît...

— Tu veux jouir ?

— Oui, s'il te plaît. Je serai sage.

Il laissa échapper un rire, mais il se mit à aller plus vite et enfonça les deux pouces en même temps tandis que ses doigts pressaient fermement le clitoris de Mélissa.

Elle poussa un cri aigu.

— Cody ! Nom de Dieu, Seigneur !

— Jouis pour moi, bébé.

Ses cris résonnaient dans toute la maison tandis que ses muscles se serraient sur ses pouces. Le plaisir sans bornes sur son visage offrait un tableau qui resterait à jamais gravé dans la mémoire de Cody comme la plus belle chose qu'il ait jamais vue.

Quand elle s'effondra sur ses jambes, épuisée, il se pencha pour la redresser, puis il la porta jusqu'à la salle de bains. Il la posa sur ses pieds, tout en gardant un bras autour de sa taille au cas où ses jambes céderaient. La passion avait fait rougir ses joues, et ses yeux brillants avaient les paupières lourdes.

Il alluma l'eau et attendit qu'elle chauffe. Quand il la débarrassa de son tee-shirt, le désir lui arracha presque des larmes. Ses seins en forme de poires pointaient vers le haut, ses tétons couleur pêche toujours pleins d'optimisme. Pris d'une bouffée de désir, il lui saisit les poignets et les coinça au-dessus de sa tête pour soulever davantage ses tétons effrontés. Il porta la bouche vers un sein, puis l'autre.

Le loup en lui refit surface, et son champ de vision se resserra. Cette fois, il sentit la transformation dans sa bouche tandis que ses crocs poussaient et le sérum d'accouplement gouttait.

*Non.*

Il mobilisa chaque once de contrôle pour reculer et ouvrir le rideau.

— Va sous la douche, dit-il d'une voix gutturale qu'il ne reconnut pas.

Elle obéit, mais s'agrippa à son tee-shirt pour le tirer sous le jet avec elle.

— Cody... je suis désolée d'avoir pris peur hier soir. Tu ne m'as pas fait mal. Réessayons.

Son loup se déchaînait sous la surface.

*Prends-la. Revendique-la. Qu'elle devienne tienne.*

Sa vision aiguisée faisait paraître Mélissa encore plus proche. Il recula en vacillant.

— Je ne peux pas, répondit-il d'un ton dur, les dents serrées.

Il quitta la salle de bains, puis la maison, avant que son loup ne le fasse changer d'avis.


* * *


Son orgasme n'avait pas amoindri l'intérêt qu'elle portait à Cody, loin de là. La façon dont il l'avait caressée avait été primitive, sauvage ; incroyablement humiliante, et pourtant, il lui avait causé une jouissance hors du commun. Raison pour laquelle elle s'était sentie dévastée quand, une fois de plus, il l'avait quittée sans un mot. Cette fois, par contre, elle avait compris.

Cody la désirait. Il avait envie de la marquer, même, comme Ben l'avait fait avec Ashley, sauf que visiblement, il estimait que c'était une très mauvaise idée. Les larmes lui brûlèrent les yeux.

Elle passa le plus clair de sa journée à rattraper son travail en retard. Elle posta des photos de nouveaux biens et organisa une visite virtuelle. Elle appela plusieurs clients pour les tenir informés et estima la marge de négociation pour l'offre qu'une cliente envisageait de faire.

Seulement après avoir accompli toutes ses tâches, elle appela Ashley pour se confier.

— Bon, il refuse de coucher avec moi parce qu'il a envie de me marquer, dit-elle d'un ton monotone.

— Quoi ? La vache ! Sérieux ? Il pense que tu es sa compagne ?

— Non ! C'est ça le problème. Il ne veut pas du tout de moi comme compagne. Donc c'est inenvisageable, du coup. Et ça me va, bien sûr, parce qu'il est un peu trop mon genre, si tu vois ce que je veux dire.

Sa sœur marqua une pause, puis répondit :

— Non, honnêtement, je ne vois pas. Qu'est-ce que tu entends par là ?

— Tu as vu ce mec ? Il ressemble à un mafieux ou à un tueur à gages. Couvert de tatouages, ouvrier...

— Tu viens de dire qu'il était ouvrier ?

— Je ne dis pas ça pour être snob. Je n'ai rien contre la classe ouvrière. Évidemment. Je bosse toujours au bar à temps partiel pour m'en sortir, et tous les mecs avec qui je suis sortie bossaient de leurs mains. C'est juste que... j'ai décidé de passer à autre chose. J'ai envie de sortir avec un type normal qui bosse dans un bureau. Pas avec un motard ténébreux et dangereux à la tête d'une meute de loups.

Ashley étouffa un rire.

— Oh, je ne sais pas, ça me paraît vachement sexy. Mais je ne sais pas si je le décrirais comme un ouvrier. Il me semble que Ben m'a dit qu'il retapait des maisons pour les vendre.

— Oui, il travaille pour l'entreprise de CJ Steele, qui rénove des propriétés dans le quartier d'Old North End. Tu sais, les maisons devant lesquelles je bave ? Mais tu vois ce que je veux dire. Il n'est ni médecin ni avocat.

— Tu racontes n'importe quoi. Depuis quand tu veux un médecin ou un avocat ?

— Justement ! gémit-elle, car d'habitude, sa jumelle la comprenait mieux que ça. Ce n'est pas ce qui me fait envie, mais ça devrait. J'en ai marre des bad boys, et Cody en est un, c'est sûr.

Ashley renifla.

— Mouais. Je ne te crois pas, mais peu importe. On dirait que tu as besoin de temps pour découvrir ce qu'il te faut à l'avenir, et tu sors tout juste d'une relation, alors ne te précipite pas. Si Cody refuse de coucher avec toi, c'est sans doute une bonne chose. Tu sais bien que tu deviens trop loyale envers les gens auxquels tu t'es liée.

— Tais-toi.

— Ce n'est pas une critique. C'est ce qui fait de toi une amie merveilleuse et la sœur idéale. Mais aussi la petite amie rêvée pour un mec qui ne cherchera pas à se servir de toi.

— Si ça existe, répliqua-t-elle avec amertume.

— Oui, ça existe, murmura Ashley.

Mélissa entendit la profondeur de son amour pour Ben. Elle ressentit une pointe de culpabilité à l'idée d'avoir appelé sa sœur pendant sa lune de miel, et elle oublia ses propres histoires.

— Hé, retourne avec ton mari. Ton loup alpha. Il te mord toujours ?

Ashley éclata de rire.

— Non, après m'avoir marquée, il se maîtrisait mieux.

— C'est bon à savoir. Non que j'aie l'intention de me

faire marquer ni rien. Amuse-toi bien. Taille-lui une pipe d'enfer aujourd'hui, d'accord ?

Ashley rit.

— Il te sera très reconnaissant pour cette suggestion. On se rappelle bientôt. Bisous.

— Bisous, dit-elle à voix basse avant de raccrocher.

* * *

Lorsqu'il rentra cette après-midi-là, Cody trouva Mélissa assise sur le canapé, l'ordinateur portable posé sur les genoux, adorablement studieuse. Il avait accompli ses tâches de la journée le plus vite possible afin de ne pas la laisser trop longtemps.

À moins que ce soit à cause de son odeur qui flottait toujours sur ses vêtements, du souvenir du moment où elle avait tenté de le tirer sous la douche avec elle, nue et superbe, une image qui lui était passée en boucle dans la tête, l'empêchant de réfléchir correctement.

Elle ne leva pas aussitôt les yeux, mais elle rougit, et il comprit qu'elle se remémorait ce qu'il lui avait fait ce matin-là. Il eut un sourire en coin.

— Salut, bébé. Tu ne m'accueilles pas dans une tenue spéciale, aujourd'hui ?

Elle esquissa une moue qui devait se vouloir prude, mais qui la rendait encore plus sensuelle.

— Ça m'a attiré des ennuis, il me semble, répondit-elle.

Il la rejoignit d'un pas sautillant, déjà dur à ce souvenir.

— Moi, il me semble que ta punition t'a plu. Et pas qu'un peu.

Ses lèvres frémirent, mais elle continua de jouer les indifférentes, pianotant sur son clavier.

Le téléphone prépayé qu'il lui avait acheté se mit à sonner.

— J'ai fait transférer les appels vers mon ancien téléphone vers celui-là, expliqua-t-elle avant de décrocher. Mélissa à l'appareil.

Elle devint livide.

— Je ne sais pas où il est, dit-elle d'une voix éraillée.

Il se précipita vers elle et approcha l'oreille du combiné.

— Dis-lui que Junior Rabago le cherche, et que je veux récupérer mon fric, disait son correspondant. Il a jusqu'à vendredi pour me le donner.

— Quel somme vous doit-il ?

— Quatorze mille dollars, plus les intérêts. Il doit tout payer, ou toi et ton petit copain, vous êtes morts. Ne crois pas que je ne vous trouverai pas.

Il raccrocha.

Mélissa poussa un long soupir tremblant.

— Bon... Au moins maintenant je sais où le joindre si on décide de le payer avec l'argent de Ben.

— Oui, on va le payer. Le plus tôt sera le mieux. Il faut que tu te débarrasses de ce type.

— Tu crois que Jeremy aussi en sera débarrassé si on paye ?

Les yeux de Cody lancèrent des éclairs. Il n'aimait pas qu'elle mentionne ce connard.

— Seulement s'il participe à la remise de l'argent, répondit-il.

La main tremblante, Mélissa regarda l'écran du téléphone.

— J'ai parlé à Ashley aujourd'hui, et Ben a dit qu'il

pourrait transférer la somme directement sur ton compte, si tu lui donnais ton RIB.

— Je le lui envoie tout de suite.

Il s'éloigna, incapable de rester proche d'elle sans l'allonger pour profiter de son corps.

Elle tourna de nouveau son attention sur son ordinateur et plissa le front.

— Oh non ! s'exclama-t-elle.

Elle se tapa sur le front, jeta l'ordinateur sur le canapé et bondit sur ses pieds.

— Merde, merde, bordel de merde !

Elle se mit à arpenter le salon à toute allure en agitant les poings dans tous les sens.

— Quoi ? Qu'est-ce qu'il y a ?

Elle se tourna brusquement vers lui.

— J'ai oublié l'anniversaire de ma petite sœur.

Il la regarda sans comprendre. De qui parlait-elle ?

— Ma petite sœur. C'est comme ça qu'on dit, dans mon association de soutien aux enfants défavorisés. J'étais censée fêter celui de ma protégée avec elle, hier soir. Avec tout ce qui s'est passé, ça m'est complètement sorti de la tête. Elle a dû appeler sur mon téléphone, mais je n'avais pas encore transféré les appels. Je me sens nulle.

Il la dévisagea, surpris que cela lui tienne tant à cœur. Elle venait de recevoir des menaces de mort sans broncher, et c'était *maintenant* qu'elle paniquait ? Pour un anniversaire raté ? Celle qu'il avait prise pour une femme superficielle, voire égoïste, tenait-elle sincèrement à un enfant défavorisé ? Le simple fait qu'elle fasse du bénévolat l'estomaquait.

— Dis-lui que tu lui revaudras ça.

Alarmé, il vit les grands yeux bleus de Mélissa s'embuer.

— Tu ne comprends pas. Elle a vraiment une vie difficile. Sa mère est une camée qui se prostitue et a du mal à
leur fournir un toit. Elle n'a sans doute jamais vécu un seul
bel anniversaire de toute sa vie. Je lui avais acheté un
cadeau et je...

Elle s'interrompit, le menton tremblant.

— Bébé.

Le besoin de la réconforter lui donnait envie de hurler
comme un loup. Il n'était pas doué pour consoler les
femmes – il manquait cruellement d'expérience –, mais il
fallait qu'il essaye.

Il la serra contre lui et traça des cercles dans le bas de
son dos.

— Ne pleure pas, ma belle. On va y aller maintenant et
tout lui expliquer. Enfin non, on ne peut pas lui dire que
des gens veulent te tuer, mais on peut lui dire que tu as eu
une urgence.

— Mais son cadeau... gémit-elle. Il est chez moi.

— On lui achètera quelque chose en chemin, et tu
pourras lui dire que tu as un autre cadeau pour elle plus
tard. Comme ça, elle aura deux anniversaires. C'est le rêve
de tous les gamins, non ?

Mélissa renifla.

— Ça ne te dérange pas de m'y emmener maintenant ?

Il la prit par le menton et leva son visage baigné de
larmes vers lui. Ses joues mouillées étaient inacceptables. Il
avait envie de détruire tout ce qui la faisait pleurer. Il était
troublé par le pouvoir que ses larmes exerçaient sur lui.

— Non, à condition que tu arrêtes de pleurer,
marmonna-t-il.

Elle lâcha un son mi-rire, mi-sanglot et le repoussa pour
s'essuyer les joues du dos de la main.

Ils passèrent acheter un gâteau aux Oréos avec Margot

écrit dessus, car selon Mélissa, la jeune fille avait sans doute rarement des choses à son nom. Une fois le gâteau posé sur ses genoux et une carte cadeau glissée dans son sac à main, Mélissa resta assise raidement à côté de lui, les épaules tendues.

— Depuis quand tu joues les grandes sœurs ?

Il voulait en savoir plus sur cette facette de Mélissa. Une facette généreuse et inattendue.

Elle fit glisser ses dents sur sa lèvre inférieure.

— Pas longtemps. Six mois. C'est un partenariat entre l'association et mon agence immobilière. Je n'avais pas envie de participer, au début.

— Pourquoi ?

Il s'attendait à ce qu'elle réponde que c'était chiant ou à ce qu'elle lui fasse la liste des inconvénients du programme, mais ses yeux se perdirent par la vitre, et elle se remit à se mordiller la lèvre.

— Je m'attache trop vite, répondit-elle enfin avec un soupir. Les relations légères, je ne sais pas faire. Je plonge dedans tête baissée, et je suis incapable de m'en dépêtrer quand il le faut.

Il avait comme l'impression qu'elle parlait également de son ex petit ami.

Elle poussa un nouveau soupir.

— Je n'arrive pas à croire que j'aie raté son anniversaire. Je suis vraiment bonne à rien.

Il haussa les sourcils. C'était lui qui se disait ce genre de choses. Mélissa se voyait-elle réellement ainsi ? Dans ce cas, elle avait un miroir déformant.

— Bonne à rien ? Comment ça ?

— Je l'ai toujours été, répondit-elle à voix basse.

Il détestait son ton éteint, son regard vide tourné au loin.

— Je m'acharne à essayer de changer, mais je n'y arrive jamais.

— Je croyais qu'on avait interdit les larmes, dit-il, espérant détendre l'atmosphère.

Sans succès. Elle ne sembla même pas l'entendre.

— Hé... Je suis sûr que tu es une super grande sœur. Margot va être folle de joie.

— Ashley n'aurait pas oublié, elle.

Ashley. C'était sa jumelle, non ?

— Mélissa, tu es trop dure avec toi-même.

— Ashley a toujours été la jumelle parfaite. Celle qui a des bonnes notes et réussit brillamment ses examens. Celle qui fait tout bien.

Il retroussa la lèvre. Il savait ce que c'était, de se comparer à ses frères et sœurs. Il ne le savait même que trop bien.

— Et toi, tu es quelle jumelle, alors ?

Elle lâcha un petit rire.

— Celle qui séchait les cours au lycée. Qui se droguait sur le parking avec les cancres. Qui sortait avec des abrutis comme Jeremy.

Ah. Ça l'embêtait que son ex prenne une telle place pour elle, mais au moins, elle savait qu'elle avait fait une erreur en sortant avec lui.

Il se gara devant l'adresse indiquée, un immeuble délabré, puis il coupa le moteur et se tourna vers elle.

— Se comparer, c'est toujours désastreux, ma grande, dit-il d'un ton qui se voulait léger. À côté de moi, tu devais être la fille parfaite.

Il la vit revenir à lui, cillant et se départissant de son regard lointain. Elle le dévisagea avec curiosité, et ce fut à son tour de prendre un ton amer :

— Moi aussi, j'ai des frères parfaits. Je les hais, ces petits cons.

Elle rit, et le soulagement s'empara du ventre de Cody.

— Oui, tu as sans doute raison, dit-elle.

Elle ouvrit sa portière et prit le gâteau, puis ils sortirent. Les regards en coin qu'elle lui jetait semblaient timides, comme si elle ne s'était pas attendue à ce qu'il se montre prévenant. Pourquoi s'y serait-elle attendue, d'ailleurs ? Il avait pratiquement fait des pieds et des mains pour la choquer avec ses manières de rustre.

Ils montèrent les escaliers – apparemment, il n'y avait même pas d'ascenseur dans l'immeuble – jusqu'au deuxième étage. Les murs tachés et le linoléum répugnant en disaient long sur le propriétaire des lieux. D'accord, Cody n'était pas une fée du logis, mais ça, c'était chez lui, alors il s'en fichait. Les maisons qu'il louait ou vendait reflétaient l'effort qu'il mettait dans leur rénovation. Elles étaient dans un meilleur état que ce à quoi les gens s'attendaient. C'était la raison de son succès.

Mélissa frappa à l'une des portes et se balança d'un pied sur l'autre. Il posa une main sur son épaule pour la rassurer. La voir aussi vulnérable réveillait ses instincts protecteurs. Il avait envie de réparer toutes ses fêlures, de poncer chaque aspect de sa vie pour lui éviter d'autres échardes.

Et ce besoin irrépressible le terrifiait. La désirer follement, ça, il le comprenait. Elle était canon, humaine ou pas. Mais son autre instinct, celui qui ne semblait pas comprendre qu'ils n'étaient pas en couple, qu'ils ne partageaient aucun lien, qu'ils ne s'appréciaient même pas vraiment, lui hurlait que Mélissa était sa compagne. Encore plus fort que son besoin de la marquer.

La porte s'ouvrit et une adolescente dégingandée et boudeuse avec des cheveux aux pointes teintes en bleu qui lui tombaient dans les yeux apparut. Elle lança un regard mécontent à Mélissa, même si Cody crut voir une lueur d'intérêt dans ses yeux à la vue du gâteau.

— Margot, je suis vraiment désolée d'avoir raté notre rendez-vous. Il y a eu une effraction chez moi et j'ai dû déménager et... c'était le bazar.

La fille jeta un regard à Cody par-dessus l'épaule de Mélissa.

— Qui c'est ?

Mélissa se mordit la lèvre.

— C'est Cody. C'est...

Elle lui jeta un regard hésitant.

— Je suis son garde du corps, compléta-t-il. Le temps qu'on détermine qui s'est introduit chez elle et pourquoi.

Avec les humains, il valait toujours mieux coller au plus près de la vérité. Il avait toujours suivi ce conseil.

L'adolescente hocha la tête, digérant cette explication comme si elle avait l'habitude de voir des gens se promener avec des gardes du corps tatoués. Elle jeta un regard au gâteau, puis un autre derrière elle, où une télé était allumée à fond. Des pieds dépassaient d'un canapé miteux.

— Vous ne pouvez pas entrer, là.

— Ce n'est pas grave, dit Mélissa. Je voulais juste te déposer ça.

Elle donna le gâteau à sa petite sœur, puis elle lui offrit la carte cadeau qu'ils avaient achetée en chemin.

L'adolescente prit le gâteau et la carte en esquissant son premier sourire.

— Merci.

— Si tout se passe bien, on pourra se voir la semaine prochaine.

Elle jeta un coup d'œil à Cody et ajouta :

— Mais je te préviendrai. J'ai un nouveau numéro. Je te l'enverrai pour que tu puisses me joindre.

Margot plissa les yeux.

— Tout va bien ?

— Oui, je vais arranger les choses. Encore navrée pour hier.

Mélissa fit un câlin maladroit à la jeune fille.

Margot se raidit et baissa la tête, alors Mélissa la lâcha rapidement. Après des au revoir gênés, la porte se referma et Cody jeta un regard à Mélissa pour tenter de déterminer ce qu'elle avait pensé de l'échange.

Elle leva la tête vers lui.

— Merci, dit-elle.

Une vague de chaleur monta dans sa poitrine. Ce n'était qu'un mot, mais il vibrait entre eux, nu et exposé. Elle lui avait dévoilé son véritable visage, aujourd'hui, celui qui se cachait sous son apparence hautaine, et il ne prenait pas cet honneur à la légère.

Il lui passa un bras autour de la taille et s'apprêtait à la serrer contre lui, quand une odeur attira son attention. Il pivota, et ses yeux se posèrent sur la petite louve du centre commercial.

* * *

Cody avait été sur le point de l'embrasser, mais il s'était interrompu et s'était retourné. La fillette qu'ils avaient vue au centre commercial se tenait là, figée, ses yeux verts écarquillés.

— Bonjour, dit-il d'une voix pleine de gentillesse, rien à voir avec son ton bourru habituel. Où est ta maman ?

La petite fille se mordilla la lèvre et ne répondit pas.

— Tu peux lui dire que je suis là ?

Le regard toujours rivé sur Cody, elle hocha la tête et s'éloigna, courant au bout du couloir, où elle poussa la dernière porte et disparut dans un appartement.

Cody et Mélissa échangèrent un regard, puis il suivit le chemin emprunté par la fillette. Mélissa courut pour le rattraper, mais s'arrêta presque aussitôt, craignant de se mêler de ce qui ne la regardait pas.

— Tu préfères que... ? Je ferais peut-être mieux d'attendre en bas, dans ton pick-up ?

Cody s'arrêta et fronça les sourcils.

— Trop dangereux.

Il tendit le bras, et lorsqu'elle le rejoignit, il la serra contre lui. Cela semblait si naturel, elle avait oublié à quel point il était agréable de voir les tensions disparaître entre eux. Elle savait qu'elle lui avait fait un choc, quand elle s'était mise à paniquer chez lui, mais oublier l'anniversaire de Margot était impardonnable. Elle s'était démenée pendant des mois pour établir une relation de confiance avec l'adolescente, efforts ruinés par sa distraction après l'effraction.

Mais Cody avait été génial. Elle ne s'était pas attendue à ce qu'il la réconforte ni même à ce qu'il prenne son dilemme au sérieux. Et elle s'était encore moins attendue à ce qu'il œuvre pour rattraper la situation. Elle l'avait peut-être mal jugé.

La porte s'ouvrit, bloquée par une chaîne, et le visage pâle et creusé de la métamorphe adulte apparut. Elle posa le regard sur Cody, Mélissa, puis Cody de nouveau. Elle dilata les narines, et Mélissa sut qu'elle devait les humer.

— Vous vivez là depuis longtemps ? s'enquit Cody face à son silence.

Elle secoua rapidement la tête, faisant tomber ses cheveux blonds dans ses yeux.

— Depuis quelques semaines seulement. On vient d'arriver en ville.

Cody patienta à nouveau, mais elle ne donna pas de détails. Quand il reprit la parole, ce fut sur un ton qu'elle ne lui avait jamais connu. Lent, patient. Comme s'il savait que cette femme prendrait peur s'il se montrait trop agressif.

— Je m'appelle Cody. Et voici mon amie, Mélissa. Nous ne sommes pas là pour vous faire du mal.

La femme les examina encore un peu, puis, avec réticence, elle fit glisser la chaîne et laissa la porte s'ouvrir en grand.

— Vous voulez entrer ?

Elle semblait résignée, fatiguée.

Mélissa cacha sa surprise lorsqu'ils pénétrèrent dans l'appartement miteux. Il n'y avait aucun meuble, à l'exception d'un matelas couvert d'une courtepointe. Deux enfants étaient assis dessus et observaient les nouveaux venus.

— Vous êtes l'alpha ? demanda la femme.

Son ton était plus amer que soumis, mais elle ne défiait pas non plus Cody du regard.

Ce dernier hocha la tête et fourra les mains dans les poches. Mélissa était émerveillée de voir à quel point cela le rendait moins intimidant. Au lieu de mettre le turbo sur son côté dominateur comme il l'avait fait avec elle, il se contenait avec cette femme. Mélissa ne l'en admira que plus. Vu son expression pincée et nerveuse, la femme était déjà assez effrayée comme ça. Ce qui la rendait potentiellement dangereuse, vu qu'elle avait deux enfants à protéger.

— Je ne resterai pas longtemps, dit-elle les dents serrées. C'est pour ça que je ne suis pas venue vous voir.

Sa peau avait une pâleur grise et carencée, et il lui manquait deux dents du haut.

Cody hocha de nouveau la tête, ce qui pouvait signifier tout et n'importe quoi.

— D'où venez-vous ?

Elle tendit davantage les épaules.

— D'un peu partout.

— Votre nom ?

— Colleen.

Cody sortit la main de sa poche et présenta sa liasse de billets à la femme, telle quelle.

— J'ai l'impression que vous avez besoin d'un coup de main le temps de vous retourner, Colleen.

Elle ne fit même pas mine de prendre l'argent.

— Je ne rejoindrai pas votre meute.

Ses paroles avaient beau être insolentes, elle gardait les yeux baissés.

Sans cesser de la regarder, Cody tendit plutôt l'argent aux enfants. Le garçon, qui semblait avoir une dizaine d'années, se leva sans hésiter et s'en saisit.

Malin, le gosse.

Cody sortit une carte de visite. Le fait qu'il en ait sur lui alors qu'il ne possédait même pas de portefeuille surprit Mélissa, mais elles étaient peut-être en lien avec les affaires de sa meute.

Il la tendit à Colleen.

— Notre sortie de pleine lune a lieu demain à Woodland Park, près de la route 24.

Les enfants prirent un air réjoui, comme s'il leur avait proposé de les emmener dans un parc d'attractions. Cody sourit.

— Les louveteaux sont les bienvenus, bien sûr. Il y a un chalet là-bas dont vous pouvez vous servir quand vous voulez. Appelez-moi ou envoyez-moi un message si vous voulez des détails.

La femme accepta la carte, hésitante. Les enfants s'étaient levés et s'étaient approchés pour la regarder d'un air suppliant.

— On pourra y aller, maman ? demanda la petite fille.

Colleen serra les lèvres.

— Vous savez comment me joindre, désormais, dit Cody.

Avec ces mots, il lui rappelait qu'elle n'était pas allée se présenter, mais qu'il lui pardonnait. Il indiqua la carte.

— Servez-vous-en en cas de besoin.

Elle se renferma, mais fourra la carte dans la poche arrière de son jean trop grand.

— Merci d'être passé, dit-elle, yeux baissés, en prononçant ces mots sans la moindre conviction.

Cody regagna la porte d'un pas léger, avant de jeter un regard aux enfants qui l'observaient avec avidité. Ils baissèrent aussitôt les yeux, comme leur mère.

— J'espère vous voir dimanche. La montagne est superbe.

Personne ne dit rien, mais Cody avait déjà ouvert la porte comme s'il n'attendait pas de réponse. Il laissa Mélissa le précéder, une main délicatement posée dans le creux de ses reins. Il savait se comporter avec galanterie, finalement, malgré son numéro de Cro-Magnon.

Une fois de retour dans son pick-up, Mélissa dit :

— C'était gentil de ta part.

Cody regardait le volant d'un air grave.

— Je n'avais encore jamais connu un cas pareil.

— Comment ça ?

— Des violences conjugales. Elle se cache sûrement du type qui lui a cassé les dents.

Mélissa tressaillit, mais elle savait que Cody avait vu juste. Elle le dévisagea, le voyant sous un nouveau jour. C'était un alpha. Il ne se contentait pas d'asseoir sa domination sexuellement, il avait également une meute à gérer. Il semblait terriblement compétent. Redoutable, mais pas dans le genre bad boy, plutôt dans le genre protecteur.

— Tu peux... tu vas la protéger, hein ?

Ses beaux yeux gris lui rendaient son regard, son expression insondable. Merde. Elle n'aurait peut-être pas dû poser de questions sur les affaires de sa meute. Mais bon sang, elle espérait vraiment qu'il aiderait cette femme. Il se frotta le visage.

— Si elle me demande ma protection, je la lui donnerai. Mais comme tu as pu le remarquer, elle ne l'a pas fait. Elle a peut-être peur de ne pas pouvoir me faire confiance, peur que je la dénonce à son compagnon, le salopard qui lui a fait ça, ou bien elle craint que je ne sois pas assez puissant pour la protéger.

Il démarra et s'engagea sur la route.

— Tu ne devrais pas me regarder comme ça, dit-il.

— Comme quoi ?

— Comme si j'étais un putain de héros. Parce que je n'en suis pas un. Et que j'aime un peu trop que tu me regardes comme ça.

Elle retint son souffle. Cody n'était pas tourné vers elle, mais entre eux, il y avait des étincelles.

Si, c'était un héros. Il avait accepté de risquer sa vie pour la protéger avant même de la rencontrer. Et à présent, il était prêt à protéger cette femme, cette inconnue.

Incapable de trouver quoi dire, elle garda le silence, ignorant le bourdonnement qui parcourait tout son corps à cause de la présence de Cody.

# Chapitre Huit

Cody gara sa Ducati Streetfighter devant son chalet. Vu que Mélissa était avec lui, il aurait dû venir à Woodland Park en pick-up, mais la journée était trop radieuse. Rouler à l'air libre sur la route de montagne était merveilleux, surtout qu'à moto, il pouvait éviter les bouchons.

Il n'avait absolument pas choisi de venir en moto pour sentir les cuisses d'une certaine rousse canon autour de ses hanches, ses bras autour de sa taille. Il ne l'avait pas non plus fait pour l'impressionner avec son côté cool et dangereux. Mais bien sûr.

Il l'avait *peut-être* fait parce qu'il ne se sentait pas capable de partager l'habitacle du pick-up avec elle pendant tout le trajet, son odeur dans les narines, à chercher un sujet de conversation anodin. Il n'aurait pas tenu dix minutes avant de céder à son envie de renverser le siège en arrière et de lui indiquer quoi faire de sa bouche. Surtout pendant la pleine lune, avec son loup aussi près de la surface.

Mélissa détacha les mains de sa taille. Il regretta aussitôt de ne plus avoir son corps collé à son dos. Il s'attendait à ce qu'elle soit agacée d'avoir les cheveux ébouriffés ou d'avoir eu peur sur le chemin – elle était restée agrippée à lui tout du long –, mais quand elle ôta son casque, elle souriait. Quand elle passa la main dans ses ondulations auburn, les faisant cascader sur ses épaules, il se retint de siffler.

Ce n'était pas lui qu'elle admirait, cependant. Elle se dirigea vers la cabane, le visage plein d'enthousiasme.

— Ouah. Quand tu as parlé d'un chalet, je n'imaginais pas une villa de luxe comme ça.

Son engouement lui tira un sourire en coin. Il ne s'était pas attendu à cette réaction. Elle monta les marches quatre à quatre pendant qu'il décrochait les sacoches.

— À quand remonte la construction ?

— Je l'ai achevée l'année dernière.

Elle tournoya vers lui, ses lèvres pleines en forme de O.

— C'est toi qui l'as bâti ? Toi-même ?

Il tenta d'ignorer la fierté qui cascadait en lui.

— Ouais.

Il la dépassa et tapa un code avant d'ouvrir la porte. Il réussit à se retenir de la plaquer contre la façade pour presser son érection impatiente contre ses fesses couvertes de jean.

— Oh la vache, souffla-t-elle en entrant à peine la porte ouverte. C'est trop beau.

Elle embrassa le salon spacieux du regard avant d'avancer d'un pas pressé pour visiter les autres pièces.

— J'adore le plafond en forme de voûte et le mélange de meubles rustiques et d'équipements dernier cri. On dirait vraiment une maison CJ Steele. C'est époustouflant. Elle fait combien de mètres carrés, deux cent cinquante ?

— Trois cents.

Sans le vouloir, il lâcha les sacoches pleines de nourriture et de vêtements et suivit Mélissa qui se ruait aux quatre coins du chalet.

— Quatre chambres, deux salles de bains ?

— Exact.

— Et ça ? Où est-ce que tu as trouvé ces poutres sculptées ?

— C'est moi qui les ai sculptées.

Sa gorge se serra. Il ne savait pas très bien pourquoi son approbation lui tenait tant à cœur.

— Qui a fabriqué ce lavabo ? Il est incroyable.

Le lavabo était en terre cuite façonnée à la main de couleur ocre.

— C'est un ami qui les fabrique.

— M. Steele en met dans certaines de ses maisons ?

Il ressentit une pointe d'irritation. Le culte que Mélissa vouait à « M. Steele » contrastait avec la condescendance qu'elle lui réservait. Son côté borné voulait qu'elle le respecte lui, le type qui se tenait devant elle, pas le petit génie de l'immobilier qu'elle vénérait.

— Oui, ces lavabos sont installés dans quelques-unes de ses propriétés.

— Cody, dit-elle en se tournant vers lui.

Bon sang, il adorait entendre son nom sur ses lèvres, même s'il aimait encore plus l'entendre le crier en plein orgasme. Il prit un air impassible, espérant cacher les idées salaces qui tournaient en boucle dans sa tête.

— Oui ?

— Tu es propriétaire de ce chalet ?

— Il appartient à la meute.

Ce n'était pas vraiment un mensonge. Il avait construit ce chalet pour sa meute, afin de leur fournir un point de rencontre et un refuge en cas de besoin. Cela lui avait pris quatre ans, il y avait passé ses week-ends à travailler, mais il en avait adoré chaque minute. Presque tous les membres de la meute avaient participé à la construction, en plus, ce qui en faisait le quartier général idéal.

— Cette propriété vaut très cher.

Sa voix émerveillée n'aurait pas dû lui faire si plaisir. Il ne cherchait pas à l'impressionner avec son argent, après tout.

— À combien tu l'estimerais ?

Il était curieux de voir si elle était douée pour son métier. Elle lui avait dit avoir perdu un contrat avec lui. S'était-elle améliorée depuis ?

— Quatre cent quatre-vingts si tu voulais vendre vite. Cinq cent trente si tu voulais l'acheteur idéal.

— L'acheteur idéal ? Qui c'est ?

— Celui qui aimera ta propriété autant que toi. Celui qui en prendra soin, voire l'améliorera. Celui qui lui donnera une nouvelle histoire.

Il l'observa, fasciné. Son agent ne parlait jamais de l'amour que tel ou tel acheteur pourrait porter à ses maisons. L'émotion ne rentrait pas en ligne de compte dans ses transactions. Pourtant, alors qu'il la regardait s'illuminer en décrivant sa propriété, il comprenait parfaitement ce qu'elle disait. Il aimait profondément chaque maison qu'il avait rénovée. Et parois, il avait du mal à leur tourner le dos en les vendant. Il n'avait jamais envisagé de chercher le « bon » acheteur pour atténuer la douleur.

— Comment tu me ferais visiter les lieux, si j'étais ton client ?

Elle esquissa un sourire en coin et ses paupières s'alourdirent légèrement, comme si pour elle, parler immobilier équivalait à des préliminaires. Elle regagna l'entrée et lui fit signe d'approcher. Il l'imagina dans la jupe moulante et les talons qu'elle portait quand ils s'étaient rencontrés, ses longs cheveux auburn coiffés en chignon banane. Non, quitte à fantasmer, il préférait l'imaginer les cheveux lâchés, toujours lâchés, appelant ses doigts à s'enrouler dedans pour tirer dessus. Il la rejoignit d'un pas guilleret.

— Je pense que cet endroit va vous époustoufler, Monsieur... euh...

Elle s'interrompit, le dévisageant pour qu'il l'aide dans son scénario.

Il ne voulait pas lui révéler que son nom de famille était Steele. Pas tout de suite, peut-être même jamais.

— Cody.

Elle leva les yeux au ciel, mais reprit :

— M. Cody. Ce n'est pas une simple maison, c'est une œuvre d'art. L'un des membres de l'équipe de CJ Steele l'a bâtie, et l'on y retrouve sa patte, ce qui fait grimper sa valeur. Un jour, je suis persuadée que les propriétés CJ Steele seront aussi recherchées que celles de Frank Lloyd Wright dans d'autres villes.

Cody la regarda bouche bée. Le comparait-elle vraiment à un architecte ? Un artiste ? Un sentiment inconnu menaçait de lui gonfler douloureusement la poitrine. Il était envahi par des sortes de fourmis, comme quand il avait besoin de se transformer et d'aller courir. Mais il ignorait pourquoi. Peut-être à cause de l'émotion qui lui serrait la gorge.

Elle se plaça au centre de la pièce et indiqua le sol.

— Le parquet a l'air d'être en pin, mais il s'agit de cyprès d'Australie (elle lui jeta un regard interrogateur et il hocha la tête), un bois plus solide et beaucoup plus durable. Vous remarquerez que le constructeur a décidé de conserver des murs en rondins de bois, comme à l'extérieur. Exposer les matériaux bruts est une technique typique de CJ Steele. Il ne les cache pas ; il préfère au contraire les mettre en évidence. Dans ses rénovations industrielles, il expose la brisque et met en valeur les conduits en acier dans lesquels passent les fils électriques. Ici, dans ce chalet, il amène l'extérieur à l'intérieur, tout en proposant le confort que vous rechercherez lors de vos escapades.

Elle mit son monologue en suspens et lui jeta un regard penaud.

— Je sais que ce n'est pas une maison CJ Steele, mais c'est comme ça que je la vendrais. Ça revient peut-être à duper l'acheteur, je ne sais pas, dit-elle en haussant les épaules.

Il tenta de parler malgré sa gorge nouée. Quand aucun mot ne sortit, il la serra contre lui et plaqua ses lèvres contre les siennes.

Elle haleta, sursautant de surprise, puis elle se laissa aller à leur baiser. Il glissa la langue entre ses lèvres, une main ferme contre sa nuque pour en faire sa prisonnière. Puis, comme il avait du mal à se maîtriser, il recula.

— Alors cet endroit vous conviendra pendant que j'irai courir, Votre Altesse ?

Il ignorait pourquoi il ne pouvait pas s'empêcher de la titiller avec ça maintenant, alors qu'il aimait bien son attitude actuelle, douce et reconnaissante. Il ressentait sûrement le besoin de créer une distance entre eux, car son loup lui hurlait qu'elle était sienne, alors qu'il ne voulait pas d'elle. D'une humaine. Il ne pouvait pas donner raison à son père.

Elle tressaillit, et quand elle se tourna vers lui, le menton haut, il sut qu'il avait fait mouche.

— C'est ma nouvelle prison pendant que tu sors faire ta vie ? demanda-t-elle, les mains sur les hanches, ses seins hauts semblant le narguer sous le tee-shirt de coton moulant. J'ai le droit de passer la porte, ou pas ?

Comme il s'en voulait d'avoir changé l'atmosphère entre eux, il ramassa les sacoches et rangea négligemment les provisions au frigo.

— Tu es en sécurité ici. Tu peux t'asseoir sur la terrasse, mais ne va pas plus loin.

Elle renifla.

— J'aurais dû apporter l'ordinateur portable.

— Il n'y a ni réseau ni internet, ici.

— Qu'est-ce que je suis censée faire en ton absence, dans ce cas ?

— Tu peux te rendre utile et préparer le repas pour la meute.

Il ne le pensait pas, mais il savait que ça l'agacerait.

Elle plissa les yeux.

— Super, donc pendant que les loups vont courir, la misérable humaine reste à la maison pour leur faire à bouffer ? Ces conneries patriarcales de domination à la louve, je commence à en avoir ras le bol.

— Tu adores que je te domine.

Il s'approcha d'elle jusqu'à ce qu'elle soit coincée contre le mur. Elle retint son souffle, les pupilles dilatées.

Il enfouit les doigts dans ses cheveux et lui massa le crâne avant de lui renverser la tête en arrière.

— Aïe. Qu'est-ce que tu fais ?

L'odeur de son excitation le poussa à glisser un genou entre ses jambes sans réfléchir.

— Princesse, c'est la pleine lune. Te laisser ici pour aller courir, ce n'est pas un loisir, c'est une nécessité. Tu veux savoir pourquoi ?

Elle entrouvrit ses lèvres pulpeuses.

— Oui.

Il fit glisser ses dents le long de son lobe d'oreille.

— Parce que, bébé, si je reste ici avec toi une seconde de

plus, je vais t'arracher tes fringues et te baiser si longtemps et si fort que tu ne pourras plus t'asseoir sur ma moto demain.

Elle se lécha les lèvres, geste qu'il suivit des yeux avec avidité.

— Ne me tente pas comme ça, princesse. Tu sais que j'aimerais fourrer ma queue dans ta petite bouche toute chaude.

Là, il était allé trop loin. Mélissa le poussa en arrière.

— Nom de Dieu, Cody.

Il ôta son tee-shirt et elle écarquilla les yeux, avant d'admirer sa poitrine et ses abdominaux, suivant la ligne de poils qui descendait sous son jean. Avec un rire sombre, il se rendit dans sa chambre tout en déboutonnant son pantalon. Il s'en débarrassa et se transforma, courant vers la trappe à l'arrière de la maison.

* * *

Le cœur de Mélissa continua de tambouriner un bon moment après le départ de Cody. Sa culotte était trempée, une constante quand elle était en présence de ce loup dominateur et grossier ; elle aurait aimé le remettre à sa place au moins une fois, ou le désarçonner comme il le faisait avec elle.

Elle regarda alentour, hésitant entre le chagrin à l'idée qu'il l'ait abandonnée là sans même lui expliquer ce qui allait se passer avec la meute et leur rassemblement, et le plaisir de se trouver dans un environnement aussi agréable. Le chalet, si l'on pouvait l'appeler ainsi, l'époustouflait. Étrange que Cody ne réalise pas à quel point il était impressionnant, mais après tout, il avait bossé sur plein de projets pour CJ Steele. Tout de même, il était propriétaire de cette bâtisse, ou sa meute l'était. Et sa valeur devait approcher le demi-million de dollars, si le terrain était aussi vaste qu'elle le suspectait. Entre cette propriété et la maison qu'il possédait dans le quartier d'Old North End, sa fortune devait être bien plus élevée que ce qu'elle avait estimé au début. Cody n'était pas un simple ouvrier au salaire modeste. Ou alors, ce salaire, il l'avait très bien investi. Quoi qu'il en soit, elle l'avait mal jugé.

Elle repoussa son sentiment de culpabilité. Ce n'était pas parce qu'il avait de l'argent qu'elle pouvait lui faire confiance. Et ça ne faisait pas forcément de lui quelqu'un de gentil.

Mais la gentillesse, cela n'avait jamais été son genre, chez les hommes.

Et la « non-gentillesse » de Cody était incroyablement sexy. En plus, il avait beau être mal élevé et prendre un malin plaisir à humilier les femmes, il ne faisait rien d'illégal, contrairement à Jeremy. Il gagnait sa vie honnêtement. Il était même honorable tout court, en fait.

Elle inspecta de nouveau la propriété, admirant son savoir-faire. Si elle avait acheté ce chalet, elle n'aurait rien modifié.

Elle soupira. Bientôt, avec un peu de chance, une maison CJ Steele arriverait sur le marché, et Ben l'aiderait à l'acheter.

Une heure s'écoula, et Cody n'était toujours pas rentré. Elle ouvrit la baie vitrée qui débouchait sur le porche. L'arrière du chalet donnait sur une forêt. À droite, la montagne s'élevait, la pente raide parsemée de rochers couverts de lichen. Le sentier qui serpentait à sa base lui faisait envie. Aucune autre construction n'était visible à la ronde.

Elle inspira une grande goulée d'air frais à l'odeur de pin. Les bois semblaient très accueillants. Si Rabago et ses sbires ne l'avaient pas trouvée chez Cody à Colorado Springs, impossible qu'ils la découvrent ici. Elle enfila son manteau et descendit les marches en trottinant. Elle avait envie de voir où menait ce sentier.

Elle le suivit sur près d'un kilomètre jusqu'à une source glougloutante. Quelqu'un avait creusé une baignoire naturelle dans la roche, avec un tuyau de cuivre en guise de robinet. Un gobelet en étain était posé à côté. Elle le ramassa et l'emplit d'eau, qu'elle but. Glacée et incroyablement rafraîchissante. Elle ferma les paupières et la savoura.

Un grondement sourd la fit sursauter. Deux énormes loups brun clair approchaient, tous crocs dehors. Le gobelet tinta sur la pierre, et elle ravala un hurlement.

— Euh... tout doux...

Elle fit un pas en arrière, et les deux loups la suivirent, les dents luisantes dans la lumière de l'après-midi.

Étaient-ce des métamorphes ? Oui, forcément ; ils étaient gigantesques. C'étaient des femelles.

— Je suis avec Cody ?

Son affirmation ressemblait plutôt à une question. Elle ne savait pas dans quelle mesure les métamorphes comprenaient le langage humain sous leur forme animale.

— Du calme, les filles. Je... je n'empiète pas sur vos terres, ni rien.

Trop tard, elle se souvint qu'il fallait baisser les yeux et ne pas leur tenir tête.

Un mouvement à sa gauche attira son regard, et elle vit trois autres loups géants, deux noirs et un brun clair, l'observer. C'étaient des mâles. S'agissait-il d'une sorte de rituel d'accouplement ?

Elle leur présenta ses paumes.

— Je ne suis pas une menace, les gars.

L'une des louves grogna et bondit vers l'avant, refermant les mâchoires à quelques centimètres de l'endroit où la main de Mélissa s'était trouvée un instant plus tôt. Elle trébucha en arrière, dans la source, le dos contre la paroi de pierre. Ses baskets étaient gorgées d'eau glaciale.

Un autre grondement retentit derrière elle, et une tache grise passa à toute vitesse au-dessus de sa tête. Elle cria lorsqu'un loup atterrit sur la femelle qui l'avait attaquée. Le loup gris referma la gueule sur la gorge de la louve brun clair.

Cody ? Oui, sa forme de loup, énorme et magnifique, était reconnaissable entre mille.

Une plainte abominable et pathétique résonna sur la roche et la femelle roula sur le dos, dévoilant son ventre. L'espace d'un moment terrible, Mélissa crut que le loup gris avait tué la louve, mais quand il recula, elle n'avait pas de sang sur la gorge. Il lui donna un coup de dents sur les pattes arrière, et elle resta figée, gémissante.

L'autre louve brun clair s'était couchée sur le ventre, et à présent, elle rampait vers lui en geignant. Il gronda et lui donna également un petit coup de dents, avant de tourner les talons et de partir en trottinant en direction du chalet. Tous les loups lui emboîtèrent le pas, la queue entre les jambes.

Mélissa resta glacée durant un long moment, ordonnant à son cœur de reprendre son rythme normal. Ses chaussures qui trempaient dans l'eau glacée finirent par la déranger au point de la tirer de sa stupeur. Les jambes en coton, elle regagna le chalet. Lorsqu'elle ouvrit la porte d'entrée, elle s'aperçut que des jeunes gens avaient envahi l'immense salon, et que d'autres sortaient des chambres, plus ou moins rhabillés.

Deux jeunes femmes discutaient tandis que l'une d'elles remettait ses chaussettes et ses chaussures. L'autre, une femme maigre et nerveuse avec un piercing à la lèvre, était en train de ramener ses cheveux blond cendré en queue de cheval. Lorsqu'elles virent Mélissa, leur conversation mourut sur leurs lèvres.

Cody sortit de sa chambre à grands pas, seulement vêtu de son jean délavé. Ses pieds étaient nus, tout comme son torse, et Mélissa sentit sa bouche devenir sèche à la vue de ses abdos en béton et de sa poitrine musclée. Il ne fit pas attention à elle, cependant. Furieux, il se dirigea vers la blonde.

— N'attaque plus jamais une femelle placée sous ma protection, qu'elle soit louve ou humaine, grogna-t-il.

Le cœur de Mélissa reprit son galop. C'était la louve qui l'avait attaquée, bien sûr.

— On ne savait pas qu'elle était avec toi, dit la femme d'un ton faussement innocent.

— Te fous pas de moi. Elle était couverte de mon odeur, et tu le sais très bien.

Il approcha son torse large de la jeune femme et la toisa, les mâchoires crispées.

— Pardon, Alpha.

La louve baissa les yeux, mais son ton ne semblait pas sincère.

Les autres personnes présentes s'étaient agglutinées autour d'eux pour observer la scène. Cody se tourna brusquement vers elles.

— Et vous, qu'est-ce qui vous a pris de rester sans intervenir, là-bas ? C'est quoi votre problème ?

Des jeunes hommes baissèrent les yeux et marmonnèrent des choses du genre « Désolé, mec » ou « Pardon, Alpha ».

— Mais toi, pourquoi avoir amené une humaine ici ? rétorqua la blonde. C'est quoi... ta *copine* ?

Elle avait prononcé ce mot comme si cette idée la répugnait.

Enfin, Cody accorda un regard à Mélissa.

— C'est Mélissa. La belle-sœur de Ben Stone. Il m'a demandé de lui accorder la protection de la meute, et j'ai accepté.

Bien entendu, Mélissa ne s'était pas attendue à ce qu'il réponde qu'elle était sa petite amie, mais ses mots lui firent tout de même l'effet d'un coup de poignard. Elle n'était qu'une obligation qu'il avait envers Ben. La satisfaction qu'elle avait ressentie quand il avait pris sa défense n'avait pas fait long feu.

— Alors elle a le droit de se balader comme ça sur notre montagne pendant la pleine lune ?

Le grondement sourd de Cody était purement animal.

La jeune femme leva les mains, détourna la tête et lui présenta sa gorge.

— Je demandais juste.

— Elle est sous notre protection, réitéra-t-il fermement, avant de lancer un regard de reproche à Mélissa.

Merde. Elle n'avait pas réalisé qu'elle causerait autant de problèmes au sein de la meute.

Cody se tourna vers les personnes debout en arc de cercle, mais personne n'affronta son regard.

— Si quelqu'un d'autre l'emmerde, je le remettrai à sa place, et ça ne sera pas agréable. C'est bien compris ?

— Moi, j'ai trouvé ça agréable, la dernière fois, commenta la blonde en adressant un sourire en coin à Mélissa.

Cette dernière devint livide, l'estomac noué. Elle était tellement déstabilisée par la dynamique entre les loups qu'elle avait raté le plus évident : cette fille était l'amante de Cody. Ou son ex-amante.

Mélissa n'avait aucun droit de ressentir la jalousie qui lui brûlait les entrailles, mais elle avait sérieusement envie de donner un coup de poing à cette femme. Bien entendu, elle serait assurée de perdre tout affrontement contre une métamorphe, ce qui ne la rendait que plus furieuse.

— Dehors, ordonna Cody en indiquant la porte.

La blonde leva les mains.

— Désolée. Je plaisantais. *Bon sang.*

Il la fusilla des yeux jusqu'à ce que le sourire satisfait de la blonde disparaisse et qu'elle se mette à rougir.

— Pardon, Alpha.

Son beau visage assombri par un froncement de sourcils, Cody tourna les talons et se rendit dans la cuisine.

Bon sang. Mélissa n'aurait pas dû être si émoustillée de le voir asseoir sa domination sur sa meute, mais elle ne pouvait pas s'en empêcher.

Quoi qu'il en soit, il était évident qu'elle n'avait pas sa place parmi eux. Elle avait été clairement mise à l'écart par Cody et les siens, et il était agacé qu'elle ait quitté le chalet. En plus, elle détestait cette louve qui l'avait fait passer pour une idiote.

Incapable de faire bonne figure, elle s'éclipsa dans la chambre de Cody et ferma la porte.

* * *

Cody sortit allumer le barbecue tout en jetant des regards noirs à Lorna. Comme s'il n'avait pas assez d'efforts à fournir pour dompter sa bête intérieure en présence de

Mélissa, leur relation causait désormais des remous au sein de sa meute. Et dans sa meute, des remous, il n'y en avait jamais.

Leur groupe s'était formé naturellement. Ils avaient tous la vingtaine, et il était leur leader tout désigné. Il n'avait jamais besoin de se montrer autoritaire avec eux, sauf pour plaisanter. La plupart d'entre eux bossaient pour CJ Steele Properties, et leur relation était facile. Ses employés se démenaient pour lui faire plaisir, mais ils savaient que s'ils avaient besoin de se relâcher un peu, il ne se montrerait pas sévère.

La façon dont Lorna avait traité Mélissa l'avait pris par surprise. Ça faisait plus d'un an que la louve et lui n'avaient pas couché ensemble, et ils n'avaient jamais formé un couple. C'était de la baise sans attaches, généralement pendant la pleine lune, ce qui était courant chez les métamorphes qui n'avaient pas encore trouvé leur compagne ou compagnon véritable.

Il aurait dû avertir la meute de la présence de Mélissa. Il avait parlé à Greg, son bêta, de sa promesse d'alpha, et il avait prévu d'en informer le reste de la meute le soir même, puisqu'ils étaient tous concernés. Mais il n'avait pas les idées claires, depuis qu'il avait ramené Mélissa chez lui. C'était à cause d'elle.

Les voix devinrent plus fortes dans la cuisine alors que les tensions s'apaisaient et que le groupe cuisinait ensemble. Greg ouvrit quelques sachets de chips et sortit un pack de douze bières du frigo. Mary déballa une salade qu'elle avait préparée.

Il entra dans la pièce pour récupérer la viande, mais quelque chose l'arrêta net. L'odeur des larmes de Mélissa était parvenue jusqu'à lui. Où était-elle ?

Bon sang. Son besoin de la consoler prenait le pas sur

ses responsabilités envers la meute. Sans dire un mot à qui que ce soit, il se rua vers sa chambre et ouvrit la porte.

Mélissa était debout devant la fenêtre, le regard tourné dehors. Il vit son reflet dans la vitre, et son air perdu faillit l'achever. À son entrée, elle se tourna aussitôt et le fuit pour aller dans la salle de bains.

Il bondit et coinça son épaule dans l'encadrement de la porte avant qu'elle puisse la claquer.

— On ne peut pas rester tranquille deux minutes, ici ? lança-t-elle.

Elle lutta contre lui pour essayer de le repousser. Il lui saisit les poignets et la retourna pour lui enlacer le buste, sans lui faire de mal, le dos de Mélissa collé à son torse.

— Hé, dit-il avec douceur pour l'apaiser.

— Fiche-moi la paix.

Il la plaqua contre le mur, se servant de ses bras comme d'une barrière pour qu'elle ne soit pas écrasée. Elle colla le front contre le mur, le souffle court. Il posa la joue contre son crâne et huma son odeur.

Il ne savait pas pourquoi elle pleurait – enfin, pas exactement. Et il n'était pas doué, avec les femmes en pleurs. Il n'avait aucune expérience. Mais son instinct lui ordonnait de la réconforter.

— Tu es venu me crier dessus ? demanda-t-elle d'un ton amer.

— Non, bébé.

Le cœur de Mélissa tambourinait contre son torse. Sa proximité calmait la bête et l'excitait à la fois.

— Pourquoi tu pleures ? Tu es jalouse à cause de ce qu'a dit Lorna ?

Son petit corps se raidit contre le sien, ses muscles tendus en réaction à ses mots.

Il lui mordilla l'oreille, puis la lapa pour chasser la douleur.

— Oui, tu es jalouse, hein ?

Le plaisir l'envahit. Tant mieux. Il était content qu'elle soit jalouse. Si elle avait la moindre idée du désir qu'elle lui inspirait, elle savait qu'il arracherait la tête du premier mec qui la reluquerait.

— Va te faire voir.

— Bébé, cette louve ne signifie rien pour moi. Je l'ai baisée quelques fois à la pleine lune, ces dernières années, mais ça s'arrête là. Ça n'a jamais compté, et on n'a jamais été en couple.

Il ignorait pourquoi il tenait à le lui expliquer. Eux non plus n'étaient pas en couple, et ils n'avaient pas envie de l'être, pourtant il lui semblait important qu'elle sache ce qu'il en était.

Il la fit tourner face à lui.

— Je suis désolé qu'elle se soit comportée comme une garce avec toi. Je ne voulais pas que ça arrive.

Elle avait la lèvre inférieure tremblotante, et la voir souffrir le tuait.

— Combien de fois ? demanda-t-elle.

— Quoi ?

— « Quelques fois », ça veut dire combien ?

Puis elle secoua la tête.

— Laisse tomber. Ça ne me regarde pas.

Elle tenta de nouveau de le pousser.

— Tu vas t'en aller, oui ?

Ça la regardait, pourtant. Sa jalousie signifiait qu'elle éprouvait des sentiments pour lui, et il avait beau vouloir rester indifférent, lui aussi tenait à elle. Il avait envie de la rassurer. Il lui prit le menton et leva son beau visage vers lui pour l'admirer, sourcils froncés.

— Elle ne m'a jamais inspiré un dixième du désir que je ressens pour toi. Elle ne m'a jamais mis dans tous mes états, à deux doigts de perdre toute maîtrise de moi-même en sa présence.

Il pressa son érection saillante contre son ventre.

— Regarde l'effet que tu me fais. Tu crois que tu as besoin d'être jalouse d'elle ?

Il secoua la tête.

— Elle ne t'arrive même pas à la cheville.

Les larmes baignaient les yeux de Mélissa, mais elles ne coulèrent pas.

Il n'était pas du genre doux et romantique, mais il fit de son mieux, renversant la tête de Mélissa en arrière pour effleurer ses lèvres avec les siennes.

— Je suis désolé. C'était nul, comme présentation à la meute. Tu veux bien sortir pour les rencontrer, maintenant ? Les autres sont très sympas, et ils foutront un coup de pied au cul de Lorna sans hésitation si elle te parle mal.

Elle frotta ses lèvres l'une contre l'autre et hocha la tête.

— D'accord.

Une partie de la tension qu'il ressentait s'envola. Il entremêla ses doigts à ceux de Mélissa, et il la mena dans la cuisine, où au moins dix membres de sa meute étaient désormais rassemblés.

— Dites bonjour à Mélissa, tout le monde. Elle est un quart louve.

Cela eut le mérite d'attiser leur curiosité, et Mary, la seule autre femelle de leur petite meute, entraîna Mélissa à ses côtés. Cette dernière complimenta sa salade, et bien vite, elles se retrouvèrent en grande conversation au sujet des ingrédients qu'elle avait achetés au marché bio.

Au crépuscule, les vingt-cinq membres de la meute étaient arrivés, et dans le chalet, le bruit se transforma en bourdonnement continu pendant qu'ils se mêlaient et mangeaient, chacun piochant dans les plats à sa guise à la façon d'un pique-nique. Il envisagea de demander à Mélissa de s'enfermer dans la chambre pendant la réunion, mais il se ravisa. Il l'avait déjà assez mise à l'écart comme ça, et il ne craignait pas qu'elle découvre leurs secrets. Si elle le faisait, il pourrait toujours en parler à Ben Stone.

# Chapitre Neuf

Mélissa regarda Cody émerger de la salle de bains attenante à la chambre, les cheveux mouillés et ébouriffés, de nouveau vêtu de son jean délavé et de son tee-shirt noir. Son pouls s'emballa en le voyant, si masculin et puissant.

Observer la façon dont il avait mené la réunion de la meute avait été fascinant. Il leur avait parlé de Colleen et ses enfants et leur avait dit qu'il les protégerait si elle le lui demandait. Sa meute ne paraissait pas très enthousiaste, soulignant le fait qu'ils ne savaient rien d'eux, et qu'une meute beaucoup plus grosse risquait de se lancer à leurs trousses. Cody avait écouté leurs inquiétudes, les avait remerciés. Chaque membre s'était exprimé, mais il avait maintenu sa décision, en l'état des choses. Il leur avait également donné plus de détails au sujet de la situation de Mélissa et de la protection dont elle avait besoin. Personne ne s'y était opposé – sans doute car la crise de colère de Cody était toujours fraîche –, mais vu les regards noirs qu'elle s'était attirés, elle avait compris que cette décision non plus ne faisait pas l'unanimité.

Après la réunion, les loups étaient ressortis courir. Il était désormais minuit, et Cody était rentré quelques minutes plus tôt. Il ne lui avait pas jeté le moindre regard lors de son arrivée sous forme de loup, et à présent qu'il traversait la pièce pieds nus, il ne lui accorda pas non plus de coup d'œil.

Elle avait tenté de dormir, mais les hurlements angoissants des loups dehors l'en avaient empêchée. Ça, et la perspective de sa punition. Alors elle s'était tenue face à la fenêtre, vêtue de l'un d'un tee-shirt de Cody et de l'une des culottes qu'il lui avait achetées au supermarché, à regarder dans le vide depuis une heure.

Cody revint dans la chambre muni d'une corde roulée, qu'il laissa tomber sur la commode superbement sculptée avant d'y prendre appui.

— Viens là.

Son regard promettait des choses bien sombres, et un frisson parcourut l'échine de Mélissa lorsqu'elle devina à quoi servirait la corde.

Son sexe se contracta.

— J'ai des ennuis ? demanda-t-elle d'une voix rauque.

— C'est rien de le dire.

Il lui fit signe d'approcher. Elle s'avança. Elle lui faisait confiance, surtout après ce qui s'était passé dans la salle de bains.

D'un geste fluide, il la souleva par la taille et l'assit sur la commode, insérant son corps entre ses jambes. Il passa le pouce sur sa lèvre inférieure. Ses yeux semblaient noirs.

— Tu m'as désobéi, aujourd'hui.

Elle tenta de répondre malgré sa gorge serrée :

— Je suis désolée. Je ne réalisais pas que ça te causerait autant d'ennuis. Je voulais juste prendre un peu l'air, et je me suis dit que Rabago ne risquait pas de me trouver ici.

Il posa son front contre le sien.

— Ça a offensé la meute de te trouver sur nos terres. J'aurais dû te l'expliquer. J'aurais dû apporter de quoi t'occuper, et j'aurais dû informer la meute de ta présence. Je te demande pardon.

Elle retint son souffle, surprise par ses excuses.

— Ça veut dire que tu ne vas pas, euh, asseoir ta domination sur moi ?

Il esquissa un sourire.

— Désolé, bébé. Quand j'annonce des conséquences, je ne reviens jamais dessus.

Il chassa une mèche de cheveux qui lui tombait sur le visage, avant d'enfouir les doigts dans son épaisse crinière pour lui masser le crâne.

Elle ravala un gémissement. Bon sang, qu'est-ce qu'elle avait besoin de ses caresses ! Apparemment, la pleine lune avait également un effet sur elle.

— Tu te souviens de ce que j'ai promis de te faire si tu désobéissais à nouveau ?

Oui, elle s'en souvenait.

— Tu parlais de si je quittais *l'autre* maison.

Il la saisit par les cheveux et lui renversa la tête en arrière, lui arrachant un cri, bien que ce ne soit pas vraiment douloureux.

— Comment vais-je te punir, princesse ? gronda-t-il.

Elle serra les lèvres, refusant de répondre.

Il referma sa main libre sur son sein droit et se pencha pour la mordiller dans le cou.

— Dis-le, chuchota-t-il.

Il avait un don pour sexualiser presque n'importe quel moment. Et comme d'habitude, le corps de Mélissa réagit. Ses tétons se dressèrent, son centre s'enflamma.

— Avec une...

Elle s'éclaircit la gorge.

— Une fessée.

— Exactement, dit-il d'un ton velouté en donnant un coup de langue à son oreille.

Pour sa plus grande déception, il la lâcha et recula.

— Déshabille-toi.

Elle se laissa glisser de la commode et soutint son regard tandis qu'elle ôtait son tee-shirt trop grand.

Un grondement sourd dans la gorge de Cody accueillit ses seins nus, qu'il admirait avec une avidité qui lui donna encore plus confiance en elle. Il glissa un bras autour de sa taille et la serra contre lui tout en pinçant avec force l'un de ses tétons.

Elle poussa une exclamation de douleur et de surprise.

— Très bien, princesse. On va passer un marché. Si tu te penches gentiment et que tu restes sagement en position, je serai clément.

— Et dans le cas contraire ? demanda-t-elle d'une voix éraillée.

Son membre toujours couvert de son jean se pressa contre son ventre, long et épais. Il promena la main de sa taille à ses fesses, qu'il pétrit.

— Si tu ne restes pas immobile, je serai obligé de t'attacher avec cette corde. Parce que si je dois lutter avec toi, je perdrai toute maîtrise de moi-même. Tu finiras avec ma queue enfoncée entre tes jambes et mes dents dans ton épaule. Et tu seras obligée de te soumettre à un loup alpha pour le restant de tes jours. Ça, ni toi ni moi n'en avons envie.

Le plaisir de Mélissa face à son désir intense mourut avec ces derniers mots.

Il ne voulait pas être accouplé à elle.

Bien entendu. Il ne l'aimait pas. Pour lui, elle n'était

qu'une humaine chiante et snob. Ils se plaisaient, mais ça n'allait pas plus loin.

Elle poussa son torse et répliqua :

— Je ne laisserais jamais une chose pareille arriver.

Cody s'empara néanmoins de ses poignets et la fit tourner pour les coincer dans le creux de ses reins.

— Ça sera la corde, dit-il avec, semblait-il, une pointe de jubilation dans la voix.

Un frisson parcourut l'échine de Mélissa.

Il noua ses poignets avec la corde, puis la mena jusqu'au lit.

— Penche-toi, princesse, ordonna-t-il en assénant une claque sur ses fesses.

Elle n'obéit pas immédiatement, mais il ne la poussa pas, attendant peut-être qu'elle consente implicitement en se mettant en position d'elle-même. Elle se pencha et lui présenta son derrière.

La maintenant d'une main, il lui baissa sa culotte et lui infligea plusieurs tapes, sans ménagement.

C'était un peu douloureux, mais les grognements de Cody lui changeaient les idées. Il avait l'air de souffrir.

Tant mieux. Ça lui apprendrait à désirer une fille à qui il ne voulait pas s'accoupler.

Il abattit les deux mains sur ses fesses et les massa vigoureusement, les pétrissant et les écartant, avant de glisser les mains le long de ses cuisses pour achever de lui enlever sa culotte.

Elle gémit.

— Si tu bouges, je doublerai ta punition.

Sa voix était rauque, mais sirupeuse.

Elle contracta les fesses. Elle en voulait encore, mais d'un autre côté, elle ne voulait plus lutter contre lui.

— Gentille fille.

Dans une démonstration de force épatante, il la souleva par la taille jusqu'à ce qu'elle se retrouve à quatre pattes sur le lit.

— Je crois que je vais te mettre dans une autre position.

Il revint avec de la corde et tira sa cheville gauche sur le côté pour l'attacher à l'une des colonnes du lit.

— Qu'est-ce que tu fais ?

Sans répondre, il tira sur sa jambe droite et l'attacha de l'autre côté, sa cheville bien serrée par la corde, afin qu'elle se retrouve les cuisses grandes écartées.

— C'est censé assurer ma sécurité ? lâcha-t-elle à brûle-pourpoint. Désormais, tu peux me faire tout ce que tu veux.

Comme pour justifier sa peur, elle vit les yeux de Cody devenir bleu clair tandis qu'il la contemplait avec une faim non dissimulée.

— Ce n'est pas toi qu'on devrait attacher, plutôt ?

— Ça ne marche pas comme ça, répondit-il d'une voix encore plus grave tandis que la bosse dans son pantalon trahissait son attirance extrême. C'est moi le loup dominant, princesse.

* * *

Mais elle avait sans doute raison. Son champ de vision s'était étréci en la voyant dans cette position provocante, le cœur tout rose de son sexe exposé et étiré, ses fesses pulpeuses livrées à son châtiment. Le désir l'envahissait par vagues, l'étourdissant au passage.

Non. Il se maîtrisait. C'était l'une des nombreuses choses qu'il avait apprises depuis que son père l'avait chassé de sa meute, des années plus tôt. Il prit une grande inspiration, posa un genou sur le lit, et abattit la main sur l'une des fesses de Mélissa.

Le son qu'elle émit était purement sexuel.

Il lui asséna trois tapes vives.

Elle haleta, et les muscles de son dos se tendirent comme la corde d'un arc. Superbe. Putain, elle était à tomber.

Il continua de la fesser un moment, ravi qu'elle serre les muscles et se tortille sur les oreillers. Mais il l'avait attachée sans lui laisser la moindre marge de manœuvre, elle ne pouvait donc pas faire grand-chose.

Il s'interrompit et lui massa les fesses.

— Gentille fille.

Il continua de pétrir sa chair, les paupières lourdes, tant il était ravi d'être maître de son joli petit cul.

Elle gémit. L'odeur de son excitation lui fit l'effet d'une drogue, enflammant son corps. Quand elle souleva les fesses pour en redemander, il dut retenir son souffle pour ne pas la revendiquer aussitôt.

Il n'avait pas l'intention de la détacher, cependant, pas quand la voir ainsi assouvissait tous ses fantasmes. Il donna une claque à son sexe.

— Cody, s'écria-t-elle.

Il recommença, savourant le bruit mouillé qui accompagnait son geste. Le désir de Mélissa nourrissait le sien et lui faisait presque perdre la tête.

Il frappa l'intérieur de sa cuisse gauche.

— Cody... Cody, s'il te plaît.

Bon sang, il adorait qu'elle le supplie.

— Qu'est-ce que tu veux, bébé ?

Il donna une autre petite tape entre ses jambes.

Elle se trémoussa, mais seule une partie d'elle était capable de bouger.

— Oh la vache, Cody, par pitié.

— Dis-moi ce que tu veux, insista-t-il en lui assénant un autre coup au même endroit.

— Toi ! Je te veux... en moi.

Le loup en lui gronda, et sa vision se focalisa. En un clin d'œil, il s'était débarrassé de son jean. Malgré le brouillard, il se vit récupérer un préservatif dans la table de chevet.

*Déchirer. Dérouler.*

Un instant plus tard, il était profondément enfoncé en elle, sans même l'y avoir préparée.

Elle poussa un cri, et ses muscles se contractèrent sur lui.

— Quoi, tu viens de jouir ? demanda-t-il d'une voix étranglée qui lui parut lointaine.

— Oui, haleta-t-elle. Tout va bien. Continue.

Inutile de le lui dire deux fois. Il lui donna un grand coup de reins. Son cul merveilleux était brûlant sous son bassin, son entrée délicieusement étroite, mouillée et chaude.

Elle poussait de petits grognements adorables à chaque fois qu'il s'enfonçait, mais ces sons lui faisaient perdre les pédales.

Il lui plaqua une main sur la bouche.

— Chut, bébé. Si tu continues comme ça, je n'arriverai plus à me maîtriser.

Elle lui lécha la paume.

Il sentit ses crocs s'allonger.

Non.

Il releva la tête et tourna le cou pour ne plus la voir, paupières serrées.

— Ne bouge pas, souffla-t-il. Ne fais pas le moindre bruit... il faut juste que je... finisse.

Mais aller et venir en elle était trop intense. Son odeur

l'enveloppait, l'engouffrait. Il rugit, les poings enfoncés dans le matelas de chaque côté de sa tête, faisant claquer son bassin contre ses fesses, vite et fort. Ses bourses se contractèrent. Des étoiles se mirent à danser devant ses yeux. L'envie de planter ses crocs en elle le traversa tout comme le sperme traversait son membre. Il ouvrit les mâchoires en grand, les dents couvertes de sérum.

Soudain, il parvint à se refréner, et se retira, agenouillé derrière elle.

Elle gémit, déçue.

— Pas un bruit, chuchota-t-il.

Il se caressa deux fois avant de se débarrasser de son préservatif et d'éjaculer sur ses superbes fesses roses.

Ils haletèrent ensemble tandis que la vue de Cody redevenait normale. Il avait toujours autant envie d'elle, mais son désir irrépressible de la marquer avait reflué. Il étala son sperme sur ses fesses, avant de les écarter pour pénétrer son anus avec son pouce.

Le cri de gorge de Mélissa le refit instantanément bander. Il avait envie de la prendre par-derrière, mais il s'abstint. Il ne se maîtrisait pas, il lui ferait sûrement mal. Alors il se contenta de masser son anneau de muscles jusqu'à ce qu'il se détende.

Elle poussa une exclamation, tendue, mais il plongea le majeur et l'index dans son sexe trempé. Dès qu'il commença à aller et venir dans les deux entrées en même temps, elle se mit à gémir. Cambrée, elle tournait la tête de gauche à droite et entrelaça les doigts de ses mains liées.

Il alla plus vite, étourdi par sa satisfaction à l'idée de lui donner du plaisir. Quand il glissa sa main libre sous son bassin pour lui caresser le clitoris, elle lâcha prise. Un cri perçant retentit, résonnant sur les murs, et il faillit se transformer pour hurler avec elle.

Ses parois internes se contractèrent sur ses doigts, encore et encore. Quand, enfin, elle devint toute molle, il se retira et commença à dénouer les cordes.

— Comme tu es belle, dit-il d'une voix rauque en lui libérant les mains, puis les pieds.

Il se pencha pour embrasser l'arrière de son mollet tout en détachant sa cheville.

Elle ne bougea pas.

Il remonta son jean pour que son membre ne se fasse pas d'idées pendant qu'ils dormaient, et il se coucha derrière elle, ôtant l'oreiller qu'il avait glissé sous ses hanches.

— Viens là, bébé.

Il la serra contre son torse.

Elle roula vers lui, posant la tête sur son épaule avec un petit soupir adorable.

Il caressa sa longue chevelure et l'embrassa sur le front. Ces gestes lui étaient étrangers – il n'avait jamais câliné une femme – et pourtant, ils lui semblaient naturels, corrects. La présence de son corps nu et moelleux contre le sien lui causait un frisson brûlant qui troublait ce moment de tendresse. Sa paume alla chercher le sein de Mélissa, et le frisson se transforma en incendie.

— Il faut que je te rhabille, grommela-t-il, parvenant contre toute attente à se détacher d'elle. Sinon, tu passeras toute la nuit les jambes écartées.

Il ramassa son tee-shirt, qu'elle avait jeté par terre, et le lui passa au-dessus de la tête.

L'expression de Mélissa fit rater un battement à son cœur. Il y lisait une sorte d'ouverture, un émerveillement et une confiance dans ses yeux bleus qui le contemplaient. Elle s'en était remise à ses soins. Cela le fit presque tomber à genoux. Les mains tremblantes, il rabattit la couverture sur elle et se glissa à ses côtés.

Il prit son visage entre ses mains et lui caressa la joue, épaté par la douceur de sa peau, lisse et parfaite.

— Ça doit être difficile de diriger une meute.

Ses mots le surprirent. Il s'allongea sur le dos et l'attira contre lui, la tête sur son épaule.

— Oui, admit-il. La moitié du temps, je me demande ce que je fabrique. J'étais un peu un anti-leader, au début. J'étais l'alpha à cause de ma taille et de ma force, mais diriger ne m'intéressait pas du tout. Je ne voulais pas devenir comme mon père.

Il ne parvint pas à retenir une note d'amertume en parlant de lui.

— Comment était-il ? demanda-t-elle avec douceur.

Il se raidit, rejetant instinctivement cette question si familière. Mais leur conversation semblait importante. Ce moment avait du poids. Et il était si épuisé de la lutte que Mélissa et lui se menaient qu'il ne voulait pas s'y remettre.

— Il est impitoyable. Il m'a chassé de la meute à seize ans, pour un truc que je n'avais même pas fait.

Mélissa retenait son souffle. Elle passa une main légère sur son torse, l'effleurant avec ses ongles et lui couvrant les bras de chair de poule.

— De quoi t'accusait-il ?

— Une fille était tombée enceinte. Elle a fait une fausse couche, et ses parents l'ont appris. Elle leur a raconté que c'était moi le père.

La main de Mélissa se figea.

— Et c'était faux ?

Il se frotta le visage et soupira.

— Oui. Mais j'avais couché avec sa grande sœur, ce qui lui a sans doute donné l'idée de me pointer du doigt. J'étais un vrai perturbateur, je l'admets. Les hormones, chez les métamorphes, c'est encore pire que chez les humains, et moi, j'étais déchaîné. Je n'arrêtais pas de faire des conneries. Mon père et moi, on se prenait sans arrêt la tête, et ça, j'imagine que c'était la goutte d'eau, pour lui.

— Qu'est-ce que tu as fait ?

— Je n'avais pas plus de dix dollars en poche, et rien d'autre que les vêtements que j'avais sur le dos. J'ai quitté les hauteurs. J'ai grandi à Estes Park. Là-bas, tout le monde est métamorphe ; je parie que tu ne le savais pas, dit-il en tournant la tête vers elle, souriant.

Le sourire qu'elle lui rendit le laissa bouche bée.

— Je n'en avais aucune idée.

— J'ai vécu dans la nature sous forme de loup pendant quelques semaines, je chassais pour me nourrir. Mais rester comme ça trop longtemps, c'est dangereux. On finit par perdre la raison, par devenir sauvage. Alors j'ai fini par faire du stop jusqu'à Greeley, et j'ai trouvé du boulot sur un ranch. Ensuite, j'ai démarré dans le bâtiment.

— Et puis tu t'es installé ici ?

— Oui. Il y a huit ans. À l'époque, il n'y avait que cinq métamorphes en ville. La meute est toujours petite.

— Tu as revu ton père depuis ?

Sa gorge se serra.

— Ouais. Il sait que je vis ici. Je suis rentré à quelques reprises pour voir mes frères et sœurs. C'était tendu, mais on a survécu. Il veut que j'assiste aux jeux qu'il organise cette année avec ma meute.

— Et tu vas le faire ?

Il haussa les épaules.

— Je n'en ai pas envie, mais j'y réfléchis. Ça pourrait être bien pour la meute, de rencontrer des femelles avec qui s'accoupler.

L'expression ouverte de Mélissa se renferma, et il regretta d'avoir dit ça.

— Pas pour moi, rectifia-t-il aussitôt. Me reproduire, ça ne m'intéresse pas du tout pour l'instant.

C'était un mensonge. Ça l'intéressait énormément, mais seulement avec la petite humaine à ses côtés.

Il songea à son père et à sa meute de près d'un millier de loups. Il avait toujours été tendu et colérique. Toujours en train de s'occuper de telle ou telle urgence.

— Honnêtement, je l'ai longtemps détesté, mais à présent, je réalise à quel point ça devait être gênant, pour un alpha, de voir son propre fils semer le chaos partout. Pas étonnant qu'il m'ait foutu dehors.

— Mais tu n'avais pas mis cette fille enceinte, s'exclama Mélissa, hissée sur un coude. Pourquoi croire quelqu'un d'autre plutôt que son fils ? Et si ton comportement le gênait, la belle affaire ! Il aurait dû se soucier de ton bien-être, pas de l'opinion de sa meute.

Quelque chose se débloqua dans la poitrine de Cody. Quelque chose de glacé et d'inflexible bougeait enfin. Il avait la gorge tellement serrée qu'il était incapable de parler. Le fait que Mélissa le défende bec et ongles était beaucoup trop agréable. Et il ne le méritait sans doute pas.

— Il a fini par réaliser que tu ne mentais pas ?

— Ouais. Je crois que la fille est allée lui parler, après mon bannissement. Elle se sentait trop coupable. Ou alors, elle ne voulait plus protéger celui qui l'avait mise enceinte. Ma petite sœur a essayé de me retrouver, à l'époque, mais je restais dans le monde des humains, là où ils ne connaissaient personne. C'est seulement quand ma petite meute de Colorado Springs a commencé à se faire connaître qu'ils ont compris ce qui m'était arrivé.

— Tu devrais lui pardonner.

***

Elle n'aurait pas dû dire ça. Ça ne la regardait pas.

Cody leva la tête, surpris.

— Moi, je ne lui pardonnerai pas, reprit-elle, mais toi, tu devrais. Ça a l'air d'être un con, mais ça reste ton père.

Cody la dévisagea, et pour la première fois, elle lut une véritable tendresse dans son regard. Il sourit.

— Je vais y réfléchir, madame la psychologue.

Elle rit.

— Si tu ne lui pardonnes pas, c'est sur toi que ça pèsera, pas sur lui. Ça te freinera dans la vie.

Oui, elle faisait de la psychologie de comptoir, mais elle savait ce que c'était, de laisser ses traumatismes derrière soi pour pouvoir avancer.

— Qu'est-ce que tu y connais ?

Elle haussa les épaules. Elle n'avait pas très envie de parler de son stress post-traumatique pour l'instant. Elle était trop à l'aise dans les bras de Cody. Ses membres étaient faibles, tout mous après ses deux orgasmes, et elle carburait aux endorphines. Ses fesses la lançaient toujours après sa fessée – ce moment-là avait été moins agréable –, mais le contrecoup ne la dérangeait pas. La légère brûlure se mêlait aux effets secondaires de ses orgasmes récents, et la douleur était presque savoureuse.

Il tira sur une mèche de ses cheveux.

— Je sais comment te faire parler, dit-il.

— Ah bon ?

La voix de Mélissa était haletante, séductrice. Pas du tout ce qu'elle avait voulu.

— Quelles tortures tu m'infligerais ?

— Des orgasmes forcés. Toute la nuit. Ma langue sur ton clitoris, mon pouce dans ton cul, jusqu'à ce que tu me supplies d'arrêter.

Le son étouffé qu'elle émit était un rire raté, mais son corps s'enflammait, ses tétons se dressaient, son sexe était de nouveau humide et chaud. Comme elle n'était pas sûre de pouvoir supporter de nouveaux orgasmes, elle opta pour la vérité :

— J'ai vécu un traumatisme, l'année dernière. Des ennemis de Ben m'ont enlevée pour obliger ma sœur à le détruire. Jeremy était impliqué ; je lui dois la vie.

Cody se raidit en entendant le nom de son ex, mais il ne l'interrompit pas.

— Ça m'a longtemps causé des cauchemars. Quand je suis allée voir un psy, on a travaillé sur le pardon. Les types qui m'avaient fait ça étaient morts, alors il n'y avait pas de sentiment d'injustice. Le psy pensait que si je leur accordais mon pardon, ça pourrait me libérer de...

Elle laissa sa phrase en suspens.

Cody se tourna vers elle, appuyé sur un coude.

— De quoi ?

Son nez la brûlait. Elle ne voulait pas pleurer, pas ce soir. Pas maintenant.

— De mon impression d'être une victime. D'être impuissante.

Cody resta parfaitement immobile, les sourcils froncés.

— Ça t'a aidée ?

Elle hocha la tête.

— Oui. Je pense.

— J'espère... nom de Dieu.

Il se frotta le visage.

— Pitié, dis-moi que mes agissements ne t'ont pas rappelé ces moments.

Le chagrin sur son visage la fit fondre.

Elle lui toucha le visage et répondit :

— Pas une seule fois. Quand on se disputait, je me sentais forte et impertinente. Et excitée. Oui, j'étais surtout excitée.

Elle baissa les yeux, soudain timide.

Le sourire de Cody réchauffa son expression. Il lui saisit le menton d'un geste autoritaire et tourna son visage vers lui.

— Je pense que tu sais que c'est réciproque, bébé, gronda-t-il avant de se jeter sur sa bouche.

# Chapitre Dix

Cody ne s'était pas cru capable de dormir aux côtés de Mélissa, conscient qu'elle ne portait pas de culotte sous son tee-shirt élimé, mais il se réveilla alors qu'elle sortait du lit.

Il tendit machinalement le bras vers elle. Son corps ne voulait pas être séparé du sien.

— Je reviens tout de suite.

Le sourire de Mélissa était tendre et doux. Il aimait cette facette d'elle, presque autant qu'il aimait la fille fougueuse et insolente de leur première rencontre.

Elle se rendit dans la salle de bains pieds nus, puis revint avec une corde dans les mains.

— Tu veux que je t'attache à nouveau ? la taquina-t-il en croisant les mains derrière sa tête.

Elle avait une expression espiègle qu'il ne lui avait jamais vue, mais qui lui plaisait beaucoup. Elle rampa sur lui.

— C'est moi qui vais t'attacher.

Il secoua la tête.

— Désolé, bébé, c'est hors de question.

Elle semblait s'être préparée à cette réponse, n'écoutant que d'une oreille tandis qu'elle lui déboutonnait son jean et ouvrait sa braguette. Son membre, perpétuellement dur en sa présence, jaillit.

— Quel dommage, ronronna-t-elle en refermant ses doigts délicats à la base de son érection. Moi qui comptais te sucer. Mais je ne le ferai pas si tu risques de perdre le contrôle...

Elle battit des cils.

Il sentit ses cuisses se contracter à son contact, et il gémit. Oui, il voulait qu'elle le suce. Et oui, il risquait de perdre le contrôle. Mais il doutait qu'une simple corde suffise à le retenir. Il ferma les paupières, repoussa son loup et prit plusieurs inspirations pour s'éclaircir les idées.

— D'accord. Attache-moi, dit-il d'une voix rocailleuse en lui tendant ses poignets. J'espère que tu es calée, niveau nœuds, sinon tu te feras baiser sauvagement.

Mélissa haleta, les mains tremblantes tandis qu'elle enroulait la corde autour de ses poignets. Elle fit un nœud tout simple, puis s'interrompit et le défit.

— Je ne connais rien aux nœuds. Je serais nulle, comme scoute.

Elle était trop mignonne. Souriant, il chassa la corde lâchement enroulée et forma rapidement des menottes avec celle-ci.

— Tiens ça.

Elle le fit, et il fourra ses grandes mains dans les boucles.

— Maintenant, tire le bout jusqu'à ce que ce soit bien serré. C'est tout. Attache les extrémités à la tête de lit.

— J'aurais dû me douter que même quand je t'attacherais, tu trouverais le moyen d'être autoritaire.

Il lui adressa un sourire coquin.

— Crois-moi, bébé, c'est toujours moi qui commande, même quand j'ai les poings liés.

Elle prit une expression toute douce.

— On verra.

Il comprit alors qu'il était fichu. Il en eut la confirmation lorsqu'elle enleva son tee-shirt et lui offrit une vue savoureuse sur ses seins hauts et ses tétons dressés.

— Pince-toi les tétons, dit-il d'une voix rauque, le membre saillant, les yeux braqués sur ces deux pointes.

Elle hésita, comme si elle cherchait à déterminer si elle comptait lui obéir alors qu'elle avait pris les choses en mains. Mais apparemment, ce qu'il avait soupçonné était vrai : elle aimait servir. La soumission était naturelle, chez Mélissa, même si elle croyait lui tenir tête.

Ses petites mains remontèrent pour caresser ses seins.

— Pince-les, insista-t-il d'un ton désespéré.

Elle s'humecta les lèvres et obéit. Il grogna et fit onduler son bassin. La corde l'aidait, quelque part, car quand il tirait dessus, la douleur lui rappelait pourquoi il était attaché.

— Lèches-en-un. Tu y arrives ? Tu peux les sucer ?

Voir une femme sucer quoi que ce soit était excitant, et l'idée qu'elle suce son propre téton était particulièrement salace.

Mélissa porta l'un de ses seins à sa bouche, tendant sa jolie langue rose pour lécher les pourtours de son téton, avant de le prendre en bouche.

— Oh la vache ! s'exclama-t-il.

Elle s'assit sur ses jambes à califourchon puis se pencha sur son sexe, les yeux rivés sur son visage. Ce geste avait quelque chose de très érotique. Le fait qu'elle le scrute pour jauger sa réaction était intime. Sexy.

Il souleva les hanches à l'instant où les lèvres de Mélissa se posèrent sur son gland, et quand elle en fit le tour avec sa langue, il tira si fort sur ses menottes de corde que la tête de lit grinça. Il espérait qu'elle ne se briserait pas, car il l'avait sculptée lui-même.

Elle le prit profondément dans sa gorge.

Tant pis, il se fichait de casser la tête de lit, du moment qu'il le faisait tout de suite. Ses yeux avaient changé de couleur, et un désir brûlant montait dans son ventre. La pièce tournait, floue, et il ne pensait plus qu'à son érection et à la bouche chaude de Mélissa.

La corde céda.

Il remarqua vaguement l'expression étonnée de Mélissa, mais l'odeur de son excitation l'enveloppa, et son enivrement fut complet. Il bondit et la souleva par la taille, la plaçant à quatre pattes et collant son buste au matelas pour qu'elle se retrouve fesses en l'air. La corde était toujours enroulée autour de ses poignets lorsqu'il la saisit par les hanches et s'enfonça jusqu'à la garde dans sa chaleur délicieuse.

— Cody ! s'exclama-t-elle d'une voix alarmée qui l'excita encore plus. Le préservatif ! Tu as oublié de mettre un préservatif.

Il poussa un juron qui sortit comme un rugissement de colère, mais il prit sur lui et se retira, arracha le tiroir de la table de chevet et attrapa un préservatif. Il déchira l'emballage avec les dents et couvrit son érection.

Mélissa, sa superbe compagne, resta dans la position qu'il lui avait fait prendre, patiente. Elle en avait envie. Savoir cela attisait son désir. Retrouvant en partie les idées claires, il glissa une main devant elle pour la caresser.

— Putain, tu es trempée, gronda-t-il d'un ton approbateur. Tu l'es toujours avec moi, hein ?

Il lui donna une tape sur le clitoris.

— Oui, haleta-t-elle.

— Tu mouillais comme ça pour lui ?

Il n'aurait pas dû poser la question, regrettait de lui avoir rappelé son ex lors de ce moment à deux, mais maintenant qu'il le lui avait demandé, il voulait connaître la réponse.

— Non, jamais, dit-elle aussitôt d'une voix rauque, sans hésiter, et son loup intérieur se mit à danser le moonwalk.

Il lui donna une nouvelle tape entre les jambes.

— Tu vas me laisser te baiser ?

Il était un peu tard pour demander la permission, mais maintenant qu'il avait repris ses esprits, il voulait vérifier qu'elle n'avait pas peur de lui.

— Maintenant, Cody. Je te veux maintenant.

Il s'enfonça en elle et tous ses sens explosèrent. Le temps n'existait plus. Il la baisa vite et fort, s'agrippant à ses hanches pour qu'elle encaisse ses coups de reins violents. La pièce devint blanche alors qu'il éjaculait dans un frisson, profondément enfoncé en elle.

* * *

Les muscles internes de Mélissa se contractaient par vagues sur Cody tandis que des éclairs passaient devant ses yeux comme une pluie de météorites. Cody se retira et la retourna sur le dos comme si elle était légère comme une plume.

Son apparence inhumaine la fit hurler. Il avait les yeux bleu clair, et ses canines s'étaient allongées et acérées. Il lui sauta dessus.

Pour la marquer.

Elle se mit à reculer maladroitement, à essayer de s'enfuir, puis elle se souvint de son avertissement, lors de leur première soirée ensemble.

*Ne fuis jamais un loup excité. Surtout un alpha.*

Alors elle lui barra plutôt la route, plaçant un pied sur son ventre et tendant la jambe de toutes ses forces.

— Cody, l'implora-t-elle, espérant qu'il se maîtriserait.

Il s'empara de son pied, le regarda, et fronça les sourcils. Son regard se planta dans le sien. Il prit deux profondes inspirations et ses iris redevinrent gris, ses crocs disparurent.

— Je suis désolé. Excuse-moi, princesse.

Il se laissa tomber à ses côtés sur le lit, la prit dans ses bras et l'embrassa sur la tempe, dans les cheveux.

En elle, le soulagement se mêla à quelque chose de plus complexe – le plaisir intense que lui provoquait l'affection de Cody – et ses yeux s'emplirent de larmes.

Il se raidit, bien qu'il ne puisse pas la voir, vu qu'il avait enfoui le visage dans ses cheveux. Il se redressa aussitôt et la dévisagea tandis qu'elle battait des paupières.

— Je t'ai fait mal ? demanda-t-il d'une voix rocailleuse, le front soucieux.

Elle secoua la tête et le tira vers elle pour l'embrasser.

Il lui rendit son baiser, lentement, mordillant sa lèvre avant de reculer.

— J'ai senti tes larmes, insista-t-il. Je suis désolé.

Il posa une main sur sa taille et se hissa sur son autre main, les yeux tournés vers elle.

— Je t'ai fait peur, n'est-ce pas ?

— Non, tout va bien. Tu m'as fait un peu peur. Et j'ai eu mal, mais dans le bon sens.

Oh non, était-elle en train de rougir ? Oui, son sexe était endolori, ses parois meurtries, mais elle adorait cette sensation. Une extase orgasmique continuait d'envahir ses membres.

Il se débarrassa des bouts de corde qui pendaient autour de ses poignets, comme s'il venait à peine d'en prendre conscience.

— Tu as faim, bébé ? Je connais une boutique exceptionnelle qui vend les meilleurs roulés à la cannelle que tu aies jamais goûtés.

Elle lui adressa un sourire radieux. Ce Cody, gentil, attentionné, l'épatait. Était-ce vraiment le connard grossier qu'elle avait connu ? Elle regarda ses muscles tatoués se contracter tandis qu'il sortait du lit et s'habillait. Oui, c'était bien le même homme. Et pour être honnête, elle devait bien admettre qu'elle adorait quand il tenait des propos salaces. Surtout depuis qu'il lui en avait fait la démonstration, le moment le plus chaud qu'elle ait jamais connu. Fessée incluse.

Elle bondit hors du lit.

— Je vais prendre une douche vite fait.

Il lui jeta un regard par-dessus son épaule et interrompit ses gestes, paupières mi-closes, expression de nouveau avide.

— Ne ressors pas toute nue, dit-il d'un ton d'avertissement.

Le rire de Mélissa se transforma en hurlement lorsqu'il fit mine de se jeter sur elle.

— Je suis sérieux. Sinon je te garderai attachée toute la journée, bébé.

En apercevant son reflet dans le miroir de la salle de bains, elle s'arrêta net. Elle se voyait avec un regard neuf. Ses joues étaient rosies par l'enthousiasme. Son corps, qu'elle n'avait jamais trouvé exceptionnel, était couvert de marques possessives. Traces de doigts sur ses hanches, de main sur ses fesses. Le souvenir de sa punition lui donnait des papillons dans le ventre. Avait-il vraiment donné des claques à son sexe ?

Elle avait toujours aimé le sexe – avant Jeremy, sa sœur la traitait déjà de croqueuse d'hommes –, mais avec Cody, elle s'était sentie désirable, une vraie déesse du sexe.

Elle se doucha rapidement et enfila les vêtements de rechange qu'elle avait mis dans la sacoche de Cody. Elle ne trouva pas de sèche-cheveux, mais ne demanda rien à Cody, consciente qu'il se moquerait d'elle.

— Prête, beauté ?

Il avait rangé la maison et fait leurs bagages. Il lui tendit un casque.

Tant pis pour ses cheveux. Elle le prit sans faire de commentaire. Cody lui présenta sa veste en cuir de motard. Elle ne put s'empêcher de hausser les sourcils avec surprise avant d'accepter son aide.

— Ouais, je sais. Moi aussi, j'ignorais que j'étais aussi galant.

Semblait-il gêné ?

Elle s'installa derrière lui sur la moto et l'enlaça. La veille, elle avait trouvé le trajet abominable. Elle soupçonnait Cody d'avoir fait exprès de conduire à toute vitesse pour lui faire peur. Aujourd'hui, il se maîtrisa et augmenta la vitesse de façon progressive, sans coucher la moto sur le côté dans les virages.

Ils sillonnèrent le long de petites routes de montagne, montant et descendant des collines jusqu'à atteindre une boutique discrète nichée au milieu de nulle part. Un ours de bois sculpté se dressait près de la porte d'entrée.

Elle ôta son casque et se peigna les cheveux à l'aide de ses doigts. Un couple âgé leur souhaita la bienvenue, et Cody se dirigea droit vers le comptoir pour commander deux roulés à la cannelle. Il prit une brique de lait sur une

étagère et paya le tout devant une vieille caisse enre-
gistreuse.

Il mena de nouveau Mélissa dehors. Il n'y avait nulle
part où s'asseoir, alors il resta debout tandis qu'elle se
perchait sur la selle de la moto. Cody sortit une viennoiserie
de son sachet en papier et la tendit vers la bouche de
Mélissa.

Le roulé à la cannelle était énorme, beaucoup trop pour
passer, et elle se retrouva les lèvres pleines de crème quand
elle tenta de croquer dedans.

L'amusement plissa les yeux de Cody, mais la façon
dont il contemplait ses lèvres lui donna chaud entre les
jambes. Lui ne mangeait pas, se contentant apparemment
de la nourrir.

— Tu as raison. C'est le meilleur roulé à la cannelle que
j'aie jamais mangé.

— Répète un peu ça, la taquina-t-il.

— Quoi, cannelle ? s'enquit-elle, feignant l'innocence.

Il s'approcha et lui caressa la nuque.

— Répète, bébé.

Même cette simple plaisanterie devenait sexuelle. Son
pouce lui caressa la lèvre inférieure. Elle le prit en bouche
et le suça avec force.

Cody grogna, comme s'il souffrait.

— Tu as raison, susurra-t-elle, consciente qu'elle venait
de prendre le pouvoir sur lui.

Il ferma les yeux, comme pour se reprendre, puis ouvrit
la brique de lait et la descendit d'un trait.

Elle sortit son portable prépayé de son sac à main et
regarda si elle captait.

Cody se renfrogna.

— Tu veux appeler qui ?

— Mon patron. Pour lui dire que je ne peux pas travailler ce soir.

Face à sa moue dubitative, elle expliqua :

— Au bar.

La surprise le fit hausser les sourcils.

— Tu es barmaid ?

Son ton était incrédule.

Elle pressa les touches avec ses pouces.

— Ouais. Je bosse là-bas depuis que j'ai dix-huit ans. Je pensais être en mesure d'arrêter, quand je suis devenue agente immobilière, mais je ne gagne pas encore assez.

Elle haussa les sourcils tandis que Cody plissait le front.

Comme Harry, son patron, ne répondait pas, elle lui laissa un message où elle prétextait que sa mère était malade avant de raccrocher.

— Tu es barmaid, répéta Cody, qui n'en revenait apparemment toujours pas.

— Quoi ? Tu crois que je ne sais pas ce que c'est, de bosser dur ? Je me débrouille depuis que je suis partie pour la fac. Au bar, je me fais pas mal d'argent. Ça couvre le loyer, et heureusement, parce que je ne pouvais pas compter sur Jeremy pour ça.

Cody se rembrunit aussitôt.

— Qu'est-ce que tu lui trouvais, à ce type ?

Elle haussa les épaules et détourna les yeux. Elle n'avait pas envie d'aborder le sujet avec lui.

Il la prit par le menton et tourna son visage vers lui.

— Sérieusement. Dis-moi ce que tu lui trouvais. J'ai besoin de savoir.

Elle se mordilla la lèvre.

— Tu te souviens quand je t'ai dit que j'avais été enlevée, l'année dernière ?

— Ouais.

— Eh bien, Jeremy était l'un des ravisseurs. Son ami et lui ont flirté avec moi au bar, et je suis rentrée avec eux après le boulot.

Cody prit une expression meurtrière.

— Il t'a *kidnappée* ? Si je le trouve, je le tue à mains nues, ce salopard.

— Il n'était pas au courant. Son ami lui avait juste proposé deux cents dollars s'il arrivait à me ramener chez lui. Une fois qu'ils me tenaient, ça s'est corsé, et Jeremy est devenu prisonnier, lui aussi. Il s'est enfui, et puis il est revenu me chercher. Il m'a libérée avant que ces types me tuent. Donc tu vois, je lui dois ma vie.

Cody dilata les narines et serra les poings.

— Je vois. Donc tout ce que j'ai à faire, c'est te kidnapper et te libérer ?

Elle poussa son torse de marbre.

— Ce n'est pas drôle.

— Crois-moi, je ne rigole pas. Je vais lui casser la gueule.

— Non. Tu n'as pas écouté ce que je t'ai dit ? Il m'a sauvé la vie.

— Je pense que tu lui as largement revalu ce service – si on peut appeler ça comme ça. Mais je te signale qu'on ne peut pas se vanter d'avoir sauvé la vie de quelqu'un quand on l'a soi-même mis en danger juste avant.

Elle croisa les bras. Ses larmes menaçaient de couler, pas parce qu'elle était inquiète pour Jeremy – même si elle aurait dû l'être –, mais parce que Cody se moquait de son sens de l'honneur.

— Je ne le tuerai pas, si tu y tiens tant que ça, mais si Rabago ne l'achève pas avant, je lui collerai une raclée, je te le garantis.

Une larme perla au coin de son œil, et elle rétorqua :

— Pourquoi vous avez toujours besoin d'être si violents,

vous les loups ? Vous croyez que ça résout tout. Pas étonnant que cette femme qu'on a vue dans l'immeuble de Margot se cache. Vous êtes dangereux.

Trop tard, elle réalisa l'effet que sa tirade avait eu sur Cody. Il avait pâli, écarquillé les yeux. Un muscle se contractait dans sa mâchoire.

Elle avait appuyé là où ça faisait mal. Elle ne l'avait pas fait exprès, pas vraiment. Elle ne comprenait rien à la culture louve, et leur agressivité la choquait, mais elle n'aurait pas dû les juger ainsi. Comparer Cody au type qui avait maltraité cette femme était injuste. Il ne l'effrayait pas. Il avait beau s'imposer par l'intermédiaire de petites punitions, cela se terminait toujours par un orgasme.

— Ce qui est arrivé à Colleen est rarissime. Les loups protègent leur compagne et leurs petits à tout prix. Je serais prêt à mourir pour assurer ta sécurité. J'en ai fait la promesse à ton beau-frère. Désolé que ce soit trop agressif à ton goût, princesse.

Il chiffonna le sac en papier et la brique de lait et les jeta dans une poubelle, enfourcha sa moto, et démarra.

— Cody, je suis désolée. Je ne suis pas habituée à ton univers, c'est tout. Je ne devrais pas vous juger.

Ses épaules se détendirent, et il plaça le casque sur la tête de Mélissa.

— Je crois que je me sentais jugée, moi aussi. Tu sais, à cause de ma relation avec Jeremy.

Cody posa le front contre son casque et glissa une main sur sa nuque. Leurs souffles se mêlèrent.

— Oui, je comprends. Tu es loyale. Mais je ne peux pas m'empêcher d'être protecteur. J'ai toujours envie de le tuer, ce connard. Mais je ne le ferai pas.

# Chapitre Onze

Le lendemain matin, Mélissa passa en revue les nouvelles annonces immobilières mises en ligne. Après un nouveau passage torride sous la couette, Cody était parti au travail.

Ben lui avait envoyé un message pour confirmer qu'il avait transféré quinze mille dollars sur le compte de Cody et pour dire qu'il se rendrait directement à Colorado Springs le vendredi. Avec un peu de chance, il arriverait avant le rendez-vous prévu avec Rabago le vendredi soir sur un terrain vague en bordure de la ville. Elle devait s'assurer que Jeremy soit également présent au rendez-vous, sinon Rabago risquait de se lancer à sa recherche. Elle ignorait où il pouvait se trouver. Il avait un cousin à Denver. Il était peut-être allé se cacher chez lui. Elle lui avait envoyé un message au sujet de l'argent et du rendez-vous, mais n'avait toujours pas obtenu de réponse.

Pour se changer les idées en attendant de ses nouvelles, elle épluchait les annonces.

Elle repéra soudain une nouvelle propriété dans le quartier d'Old North End. Une maison CJ Steele ! Folle de joie, elle passa les détails en revue. La maison se trouvait à seulement deux pâtés de maisons de chez Cody, ce qui signifiait qu'elle pourrait sans doute aller y jeter un œil sans qu'il s'en aperçoive. Rabago ne la trouverait pas, pas lors d'une escapade aussi courte. Et si jamais Cody l'apprenait, cela aurait valu le coup. D'ailleurs, elle ne serait pas contre une petite confrontation, après leur conversation tendue.

Elle composa le numéro de ce crétin de Brad Johnson pour expliquer à l'agent immobilier qu'elle s'intéressait à ce bien. D'un ton à la fois ennuyé et condescendant, il lui donna le code d'entrée de la maison, mais il se comportait comme s'il estimait qu'elle n'avait pas les moyens d'acheter une telle propriété. Et il avait raison. Elle n'oserait même pas emprunter une telle somme à son beau-frère.

Vêtue d'une jupe et d'un chemisier au cas où elle croiserait d'autres professionnels de l'immobilier dans la maison, elle chaussa ses talons et sortit par la porte de derrière pour ne pas se faire repérer si quelqu'un surveillait l'entrée. Ce qui était peu probable. Si Rabago savait où elle se trouvait, il aurait déjà enfoncé la porte.

Elle longea la rue d'un long pas déterminé, savourant le soleil estival. Elle reconnut aussitôt la maison. Comme toutes les propriétés de CJ Steele, le jardin était impeccablement soigné, avec des fleurs, des buissons et des arbres typiques de la région. La façade était d'un bleu cobalt qui mettait les vieilles briques en valeur. Elle tapa le code de la boîte à clés, puis déverrouilla la porte. Elle entra, un grand sourire aux lèvres.

Magnifique.

Parquet. Murs en briques. Chaque détail était parfait, comme elle s'y était attendue. En pénétrant dans la cuisine, elle s'arrêta net en poussant une exclamation.

Cody était face à la fenêtre, un pinceau à la main, visiblement occupé à mettre les dernières touches à la peinture. Il se redressa en la voyant.

— Qu'est-ce que tu fais là ? bafouilla-t-elle.

Évidemment, c'était plutôt à lui de demander ça, mais il fallait bien qu'elle dise quelque chose.

Il se dirigea vers l'évier et rinça son pinceau.

— Je te retourne la question, princesse.

— Je sais, je suis désolée. Mais c'est une maison CJ Steele, et elle vient tout juste d'arriver sur le marché. Ça fait des années que je rêve d'en posséder une, alors je devais saisir ma chance. Je ne veux pas passer à côté.

Cody n'ayant toujours pas quitté l'évier des yeux, elle poursuivit son explication :

— C'était juste à côté, en plus. Tu vis à seulement quelques rues d'ici, après tout. J'ai été prudente. Personne ne m'a vue ni rien.

Il finit de laver son pinceau et essuya l'évier avec un torchon, polissant le robinet en aluminium avant de se débarrasser de son matériel sur un plateau de travail.

— Tu vas avoir de gros ennuis, bébé. C'est tout ce que j'ai à te dire.

Son ventre frémit. Elle avait beau protester, elle adorait leur jeu de domination/soumission.

— Ah bon ?

Il alla fermer les persiennes.

— Je pense qu'une punition sur les lieux du crime s'impose.

Il ôta la baguette servant à fermer les persiennes et se frappa la paume avec, comme un instituteur à l'ancienne l'aurait fait avec sa canne. Il lui montra le plan de travail en béton ciré du menton.

— Les mains sur le plan de travail. Les fesses dehors.

Mélissa sentit son sexe se contracter.

— Cody, quelqu'un pourrait entrer.

— Je ne laisserai personne te voir, c'est promis. J'ai une ouïe de métamorphe. Si quelqu'un arrive, je l'entendrai bien avant qu'il ouvre la porte. Mais réfléchis un peu. Les conséquences auraient pu être beaucoup plus graves. Quelqu'un aurait pu te voir quitter la maison. Quelqu'un aurait pu t'enlever et te torturer, te mutiler et te tuer pour envoyer un message à ton ex.

Elle tressaillit et lui jeta un regard noir, furieuse qu'il soit aussi cru dans ses descriptions.

— Ce châtiment sera très léger, à côté.

La note avide dans l'expression de Cody enflamma Mélissa. S'il s'amusait, elle savait que ça lui plairait aussi. Même s'il commençait par la faire souffrir un peu.

Et souffrir pour faire plaisir à Cody ne la dérangeait pas autant qu'elle l'aurait cru. En fait, à cette idée, ses tétons se dressèrent et sa culotte devint humide.

Il abattit une grande main sur ses fesses et l'y laissa. Il pétrit sa chair.

Elle haleta.

Deux mains parcoururent ses cuisses nues puis remontèrent, soulevant sa jupe au passage.

Une vague de chaleur submergea son pelvis avant de descendre le long de ses jambes.

Une fois sa jupe remontée jusqu'à la taille, Cody glissa les pouces sous l'élastique de sa culotte pour la lui baisser autour des chevilles.

— Tu vas rester sans bouger cette fois, bébé.

Ces mots avaient beau sembler brusques, sa voix torride caressait son corps, la laissant brûlante de désir, à vif.

Elle avait envie de lui. Envie de ça, aussi fou que cela puisse paraître. Elle en avait besoin, même.

Elle s'appuya sur les coudes et se cambra pour lui.

La baguette fendit l'air en sifflant. Quand elle s'abattit sur sa chair nue, Mélissa poussa un cri. Elle avait laissé une ligne de feu sur sa peau.

Cody frappa à nouveau, juste en dessous. Elle poussa une plainte.

— Tu as été très *vilaine*, bébé.

La voix grave de Cody semblait la pénétrer. Ses mots débordaient de suggestivité.

— Creuse le dos, montre-moi ton cul.

Clac. Une autre ligne de feu. Elle se trémoussait d'un pied sur l'autre.

— Écarte les jambes. Encore.

Sa voix était plus proche, cette fois. Elle obéit, et il abattit sa baguette une nouvelle fois.

Quand elle rouvrit les paupières – elle ne se rappelait pas les avoir fermées –, sa respiration était toujours saccadée.

Elle sentit quelque chose de dur et froid toucher son entrejambe, et elle sursauta. Cody avait glissé la baguette entre ses cuisses et caressait son sexe trempé avec.

— Tu adores mes punitions.

Il y avait une note accusatrice dans sa voix, et elle sut qu'il parlait de la discussion qu'ils avaient eue au sujet de la violence.

— Oui, admit-elle.

Inutile de mentir. Elle attendait quelque chose de lui, désormais. Désespérément.

Il referma les doigts sur ses cheveux et lui tira la tête en arrière. La baguette continuait de caresser lentement son clitoris.

— Tu n'aimes pas obéir, par contre.

* * *

L'odeur de l'excitation de Mélissa flottait dans la pièce, lui donnant la chair de poule, faisant grossir son érection sous son jean.

— Si tu étais ma compagne, je suivrais cette punition d'une longue baise sauvage et punitive.

Les pupilles de Mélissa se dilatèrent. Elle se lécha les lèvres, et voir sa langue faillit le rendre fou.

— C'est-à-dire ? s'enquit-elle.

Il se pencha et lui mordit le lobe de l'oreille.

— Je te baiserais jusqu'à ce que tu hurles de plaisir, puis je te retournerais pour te sodomiser jusqu'à ce que tu oublies ton propre nom.

Elle vacilla.

— Cody, murmura-t-elle, mes jambes ne me portent plus.

Il fut incapable de se maîtriser, maintenant qu'il était redevenu grossier, et il répliqua :

— Peut-être parce que ta place est à genoux.

Il s'attendait à lire de l'agacement ou du dégoût sur ses traits, mais elle soutint son regard et s'agenouilla. Il retint son souffle, surpris. Elle ouvrit le bouton de son pantalon, puis descendit sa braguette pour libérer son membre.

Sans perdre de temps, elle le saisit et le mit dans sa bouche.

Il frémit de plaisir.

Elle le suça avec force, allant et venant rapidement. Puis, lentement, délibérément, elle l'avala tout entier avant de reculer.

Il avait les jambes flageolantes.

— C'est bien, bébé. Montre-moi que tu es désolée.

Elle lui donna un grand coup de langue des bourses jusqu'au gland, dont elle traça le pourtour.

Il enfouit les doigts dans ses cheveux et l'attira contre son bassin.

Elle écarquilla les yeux, alors il s'interrompit avant d'atteindre le fond de sa gorge. Il prit sa tête à deux mains et se mit à aller et venir dans sa bouche, comme s'il la baisait.

Elle aimait ça. Il sentit une nouvelle bouffée de son parfum délicieux.

Il ferma les yeux, peinant à se maîtriser. Elle planta les ongles dans ses cuisses.

— Je vais jouir, l'avertit-il avant d'éjaculer comme une fusée en partance pour la lune.

Elle garda les lèvres closes sur son membre et avala sa semence.

*Bon sang.*

— Mélissa, c'était génial.

Elle le lâcha et lui mordit la cuisse.

Le champ de vision de Cody se réduit aussitôt et ses crocs sortirent. Les louves mordaient et griffaient pendant l'amour, et cela réveilla pleinement la bête en lui.

Pour s'abstenir de la marquer, il fit volte-face et s'éloigna de quelques pas, rangeant son sexe dans son jean.

Lorsqu'il se retourna, Mélissa semblait perdue, seule et agenouillée. Il se sentit con. Il la rejoignit à grands pas, la souleva par les aisselles et la jeta sur son épaule, remettant sa jupe en place et ramassant sa culotte par terre.

— C'est l'heure de ta sodomie.

— Cody, s'exclama-t-elle, légèrement alarmée. S'il te plaît.

Il fourra la culotte dans sa poche, ramassa son plateau de travail et sortit de la maison, qu'il verrouilla derrière eux.

— Cody, repose-moi ! C'est inconvenant. Je t'en prie, ne me porte pas comme ça.

Percevant le désespoir dans sa voix, il la posa sur ses pieds, avant de la porter à nouveau, façon mariée. Elle écarquilla les yeux.

— C'est mieux ?

Elle hésita, puis blottit la tête dans son cou, un geste qui réduisit les entrailles de Cody en bouillie.

— Oui, répondit-elle.

Il regagna sa maison en moins d'une minute et ouvrit la porte, refusant toujours de la poser. Il la porta dans la chambre, où il la posa sur ses pieds, la retourna et ouvrit la fermeture éclair de sa jupe jaune moulante. Elle tomba sur le sol comme une flaque pastel.

— Cody, je ne pense pas que ce soit une bonne idée. Je veux dire... ce n'est pas risqué ?

Il décida de ne pas lui enlever son chemisier et son soutien-gorge afin de garder le contrôle. Il plaça une main dans son dos et coucha son buste sur le matelas.

— Cody, attends !

Il pétrit ses fesses rouges.

— Les vilaines filles se font sodomiser, bébé.

— Cody !

En entendant la panique dans sa voix, il se pencha et murmura :

— Qu'est-ce qui ne va pas, bébé ? Tu crois que je ne saurai pas rendre ça agréable pour toi ?

La tension dans le corps de Mélissa se dissipa.

— Alors ?

— Non, admit-elle.

Après avoir récupéré un tube de lubrifiant dans l'armoire à pharmacie de la salle de bains, il en fit couler une dose généreuse sur son anus, qu'il étira avec son index. Il inséra un deuxième doigt, et se mit à aller et venir. De son autre main, il traça un cercle autour de son clitoris.

— Qu'est-ce qui arrive aux vilaines filles, princesse ?

Un gémissement lui répondit.

Il ôta ses doigts, mais continua de taquiner son clitoris, naturellement et amplement lubrifié. Il abattit la main droite sur son derrière.

— Je t'ai posé une question.

— Elles reçoivent une fessée !

Il rit.

— Oui, c'est bien vrai. À tous les coups. Et où est-ce qu'elles se font baiser ?

Elle gémit encore.

Il lui asséna une autre tape.

— Dans le cul ! Elles se font sodomiser.

— Exact, bébé. Tu veux que je te sodomise ?

Elle poussa une plainte.

— Non.

Il immobilisa ses doigts sur son clitoris.

— Si, se reprit-elle. Si, j'en ai envie.

— C'est bien ce que je me disais.

Il colla son gland à son anus.

— Nooon, gémit-elle, contractée face à son intrusion.

— Ouvre-toi, bébé, ordonna-t-il, mais sans forcer.

Elle se détendit aussitôt pour laisser son membre la pénétrer. Elle gémit lorsque la partie la plus large de son gland entra, puis il se retrouva en elle.

Il se mit à aller et venir lentement.

— Argh... oh... ah...

Ces petits sons le rendaient dingue.

— Ouvre-toi, répéta-t-il en accélérant le rythme.

Il glissa une main sous son ventre pour tapoter son clitoris.

— Oh !

Son cri présageait un orgasme. Il la caressa, puis plongea plusieurs doigts dans son sexe.

Elle poussa une exclamation mi-enthousiaste, mi-alarmée.

— À qui tu appartiens, maintenant ?

— À toi, haleta-t-elle. Oh, s'il te plaît, je n'en peux plus !

Il ferma les yeux et laissa le plaisir l'envahir. Son odeur, son cul serré, sa chatte trempée sous ses doigts. Il s'enfonça profondément et jouit dans un cri.

Mélissa plaqua les mains entre ses jambes pour pousser les doigts de Cody en elle alors que ses parois internes se contractaient dessus.

L'orgasme de Mélissa provoqua une nouvelle vague de jouissance chez Cody. Une fois vidé de sa semence, il se coucha sur elle et lui mordilla l'oreille. La douceur de son extase abattit les murs qu'il avait dressés pour la tenir à l'écart, depuis leur discussion. Était-il vraiment prêt à renoncer à ça ? Il ne s'était jamais senti aussi lié à quelqu'un, aussi à l'aise. Même l'inconfort qu'il s'infligeait en s'empêchant de la marquer valait le coup, pour avoir le plaisir de se mouvoir en elle et de la serrer dans ses bras ensuite.

Il se retira et la souleva pour la porter sous la douche, où il alluma le jet au-dessus de leurs têtes.

Mélissa vacilla, et il garda un bras autour de sa taille, debout derrière elle de façon à ce qu'elle profite du jet d'eau. Quelques instants plus tard, il la fit pivoter pour rincer son dos, lui écartant les fesses pour la laver de sa semence.

Elle se pendit à son cou, comme s'il était sa bouée de sauvetage. Il l'embrassa sur la tempe, la joue, les cheveux. Il avait envie de lui susurrer des promesses, mais aucune de celles qui lui venaient à l'esprit n'aurait pu être tenue.

Elle ne lui appartenait pas. Elle n'était pas sa compagne. Il avait déjà conclu qu'entre eux, ça ne pouvait pas marcher. Alors pourquoi son corps semblait-il aussi déterminé à la garder ?

* * *

Une heure plus tard, Cody était derrière le barbecue. Apparemment, c'était la seule cuisine qu'il faisait, mais ça ne dérangeait pas Mélissa. Il était sexy, avec son tee-shirt qui moulait ses muscles et son jean qui lui faisait de belles fesses.

Il vit qu'elle l'observait et il lui sourit. Cela lui donnait un air juvénile qui tranchait avec son attitude arrogante du début.

Qu'est-ce qui avait changé ?

Elle avait perdu sa virginité anale avec lui, ce n'était pas rien. Mais surtout, elle avait l'impression qu'il avait abattu ses barrières, qu'il l'avait rénovée comme l'une des maisons de CJ Steele. En apparence, elle restait la même, mais à l'intérieur, rien n'était plus pareil.

Cody empila des saucisses sur une assiette et la rejoignit sur les marches. Il lui pétrit les fesses.

Elle inspira, dents serrées.

Il ne la lâcha pas, mais la caressa et la palpa à nouveau.

— Tu as mal, bébé ?

Elle tenta de s'indigner qu'il l'asticote ainsi, mais elle ne put s'empêcher de fondre devant lui. De baisser les armes.

Son assiette toujours à la main, Cody enfouit les doigts dans ses cheveux et lui renversa la tête en arrière pour s'emparer de sa bouche dans un baiser brusque et sauvage.

— Viens, murmura-t-il. Je vais te nourrir.

*Il allait la nourrir.*

Un homme lui avait-il déjà fait à manger ? Personne ne s'était jamais aussi bien occupé d'elle. Bon d'accord, ses achats de vêtements au supermarché avaient été un fiasco, mais avec le recul, elle trouvait ça drôle. Au début, il avait pris soin d'elle à contrecœur, mais à présent, elle était certaine qu'il appréciait sa compagnie. À moins que ce soit la plénitude post-coïtale qui parle.

Elle le suivit à l'intérieur et le regarda placer trois saucisses dans des petits pains et lui tendre l'assiette.

— Oh là là, c'est beaucoup trop, protesta-t-elle.

Avec un sourire en coin, il prit deux petits pains.

— Tu t'en tiens à une seule saucisse, princesse ?

Elle lui donna une tape sur le torse.

— Tu vas arrêter avec tes remarques...

Il interrompit sa tirade d'un autre baiser.

Elle s'attendrit un instant, bougeant les lèvres contre celles de Cody, laissant entrer sa langue.

— J'arrête, dit-il avec douceur après avoir reculé. Tu veux bien emporter les assiettes sur le canapé ? Je te sers un verre de vin ?

— Tu en as ?

Elle avait seulement vu de la bière, dans son frigo.

Il sourit.

— Il se peut que je cache une bouteille quelque part pour quand je cherche à séduire une femme.

Elle rejeta ses cheveux toujours humides par-dessus son épaule.

— C'est ce que tu essayes de faire avec moi ?

— Possible.

*Alors pourquoi tu ne me marques pas ?*

Bon sang, avait-elle vraiment envie qu'il la revendique ?

Qu'il soit son compagnon pour le restant de ses jours ? C'était impossible. Mais elle ne pouvait pas s'empêcher de se sentir rejetée face à sa détermination à ne pas la marquer.

Cody lui apporta un verre de pinot noir ainsi qu'un sachet de chips au vinaigre, celles qu'elle préférait.

Elle ouvrit le sachet et en mit une poignée sur chacune de leurs assiettes pendant qu'il retournait dans la cuisine pour se chercher une bière.

— Au fait, la maison t'a plu ? Enfin, ce que tu en as vu ? s'enquit-il avec un sourire en coin, se remémorant sûrement la façon dont la visite s'était achevée.

— Oui. Je vais faire une offre.

— Ah bon ? De combien ?

— Bon, elle est un peu au-dessus de mon budget, mais je vais faire une offre au prix dès ce soir, sinon elle me passera sous le nez.

Il lui jeta un regard curieux et essuya une tache de moutarde sur sa lèvre inférieure.

— Pff, non, tu devrais proposer moins. Une somme dans ton budget. Qui sait, il pourrait accepter.

Elle secoua la tête.

— Je ne veux pas la rater. Il n'y en a pas souvent sur le marché, et j'ai besoin d'un logement au plus vite. Ça tombe pile-poil. En plus, son agent est un connard, tu te souviens ? Si je lui propose un prix trop bas, il va me rire au nez.

Cody la regarda d'un drôle d'air un long moment, puis s'appliqua à manger sa saucisse.

— Tu es sûre que cette maison est la bonne ? demanda-t-il enfin. Elle est plutôt petite.

Elle lâcha un petit rire.

— Comme si je pouvais me payer plus grand que ça. Non, elle est parfaite. La maison dont j'ai toujours rêvé.

Cody semblait songeur tandis qu'il engloutissait sa

nourriture, mais il n'insista pas. Après le repas, elle lava les assiettes et les mit à sécher sur l'égouttoir, avant de se servir un autre verre de vin et de s'asseoir dans le canapé avec son ordinateur pour envoyer son offre à Brad Johnson tout en regardant un film.

Cody se laissa tomber à côté d'elle, un bras autour de ses épaules.

— Qu'est-ce que tu veux regarder ? Tu veux que je choisisse ?

Elle leva les yeux au ciel, mais lui tendit la télécommande. Elle regardait rarement la télé et était nulle pour choisir.

— Un film de filles, indiqua-t-elle pour observer sa réaction.

Il haussa les sourcils.

— Tu es sérieuse ?

— Pas vraiment. Peu importe.

Elle ouvrit l'ordinateur pour entamer la paperasse.

— Peu importe ? répéta-t-il. Allez, donne-moi au moins une petite idée.

— Honnêtement, je m'en fiche.

Il fronça les sourcils.

— Va pour un film de filles, grogna-t-il.

# Chapitre Douze

Cody alla chercher l'argent de Stone à la banque. Il eut l'impression d'être un braqueur de banque tandis qu'il fourrait les liasses de billets dans un sac de sport qu'il rangea sous le siège de son pick-up.

Ensuite, il fit un saut chez Starbucks. Il n'en revenait pas de faire ça, mais comme Mélissa lui avait demandé du café le premier matin et qu'il l'avait envoyée balader, elle méritait bien qu'il fasse un effort pour se rattraper.

Surtout après la façon dont elle s'était donnée à lui.

La veille, il avait reçu un message de son agent immobilier, Brad Johnson, au sujet de l'offre de Mélissa. D'un côté, il voulait qu'elle l'achète. Il avait aimé ce qu'elle avait dit sur l'acheteur parfait. Une personne qui aimerait sa maison autant que lui. Oui, il voulait que Mélissa habite l'une de ses maisons.

Le problème, c'était qu'il n'était pas sûr de vouloir qu'elle vive dans *celle-ci*.

Il avait commencé à l'imaginer dans une tout autre maison. Une maison qu'il aurait pris plaisir à rénover pour elle. Et pour lui.

L'idée de garder Mélissa, de la garder et de la faire sienne faisait chanter son sang de métamorphe. Apparemment, son loup se fichait qu'elle ne soit qu'un quart louve. Qu'elle ne soit sans doute jamais capable de se transformer. Que leurs louveteaux n'aient peut-être pas ce pouvoir non plus. Qu'il perde sa place d'alpha parce que sa compagne était faible.

Mais au-delà du besoin physique intense qu'elle lui inspirait, il y avait autre chose. Il avait commencé à mieux la comprendre. Quand il l'avait prise pour une diva, au début, il s'était peut-être trompé. Elle travaillait comme barmaid le week-end pour mettre du beurre dans les épinards. Elle savait ce que c'était, de travailler dur. Elle avait soutenu son loser de petit ami par loyauté. Cody avait beau juger qu'elle avait eu tort de le faire, il admirait ses valeurs. Elle se liait aux gens comme le faisaient les métamorphes.

Elle était douce comme le miel quand il ne se comportait pas comme un abruti, et elle avait beau lui tenir tête régulièrement, elle se soumettait instinctivement à sa domination. À chaque fois, sa reddition avait été spectaculaire. Tendre. Magnifique. Il ne s'était jamais senti aussi connecté à un autre être – métamorphe ou humain – de toute sa vie.

Alors oui, elle méritait bien un café. Et s'il trouvait le moyen de s'accoupler avec elle, une maison.

Il descendit de son véhicule pour faire la queue, examinant le tableau listant les nombreux choix. Merde. Il aurait dû lui demander comment elle prenait son café, au lieu d'essayer de la réveiller avec une surprise.

Pour la première fois, il cherchait à faire plaisir à une femme.

Son téléphone sonna et il plissa le front en voyant s'afficher un numéro qu'il ne connaissait pas.

— Steele à l'appareil.

— J'ai besoin de votre aide.

Il reconnut aussitôt la voix étranglée et désespérée. La louve qui venait d'arriver en ville.

— Que se passe-t-il ? demanda-t-il aussitôt, tendu.

— Jayden, mon fils, a été renversé par une voiture. Les humains ont appelé une ambulance pour l'emmener à l'hôpital.

— Et la personne que vous fuyez risque de vous retrouver, conclut-il pour elle.

À moins que la voiture lui ait écrabouillé le crâne, le jeune garçon se remettrait vite de son accident. Trop vite pour que les médecins y comprennent quoi que ce soit. En plus, sa mère serait obligée de présenter une pièce d'identité et de donner le nom de son fils, si elle ne voulait pas que les services sociaux soient impliqués.

— Oui, dit-elle.

— Où êtes-vous ?

— La clinique Saint-François.

— J'arrive tout de suite.

Il abandonna le café et monta dans son pick-up. L'espace d'un instant, il envisagea de passer chercher Mélissa, car elle aurait été plus douée que lui pour rassurer la mère en détresse, mais il réalisa que l'impliquer dans une éventuelle guerre de meutes serait dangereux.

Il lui envoya un message en chemin pour l'informer de la situation et lui dire de ne pas bouger et de le contacter en cas d'urgence.

Tandis qu'il se rendait à la clinique, il repensa au petit garçon. Jayden avait eu des airs de chien battu. Les violences qu'il avait subies se lisaient dans ses yeux et dans son visage émacié, mais la façon dont il avait regardé Cody et dont il avait réagi lorsqu'il leur avait donné de l'argent prouvait qu'il était intelligent et désireux de faire ses preuves. Cody avait envie de les aider, tous les trois. Il refusait de laisser celui qui les terrorisait ainsi s'en prendre à eux sur son territoire.

Il composa le numéro de Colleen – s'il s'agissait de son vrai prénom – en arrivant à la clinique, et il retrouva la famille terrifiée dans une petite salle d'examen de l'aile qui accueillait les enfants. Il n'y avait ni médecin ni infirmière, alors il ne perdit pas de temps à poser des questions. Il se contenta de soulever le garçon, de passer la tête dans le couloir pour vérifier que la voie était libre, et de sortir. La mère et la fille lui emboîtèrent le pas en silence.

— Qu'est-ce qui t'est arrivé, mon grand ? demanda-t-il à Jayden tandis qu'il descendait les escaliers au pas de course, ayant décidé que l'ascenseur les exposerait à trop de monde.

Il sentait l'odeur de la peur sur le garçonnet, qui devait avoir dix ou onze ans.

— J'ai été renversé par une voiture, bredouilla ce dernier.

— Tu as mal où ?

— À la tête. Et j'avais la jambe cassée.

Il parlait au passé, car ses os devaient déjà s'être ressoudés ou presque. La famille semblait dénutrie, cependant, ce qui pouvait ralentir le processus de régénération. Cela expliquait pourquoi les dents de sa mère n'avaient pas complètement repoussé.

— Tu te sentiras mieux dans quelques heures.

Il ouvrit la portière passager du pick-up et fit signe à la mère et à la fille de monter à l'arrière.

— Comment tu t'appelles ? demanda-t-il au garçon, bien qu'il connaisse déjà la réponse.

— Jayden.

— Et toi ? demanda-t-il à sa petite sœur.

— Angie.

Il assit Jayden sur le siège passager et ferma la portière. Personne ne semblait avoir remarqué leur départ précipité.

— Ils arriveraient d'où ? demanda-t-il à Colleen tandis qu'il quittait le parking de la clinique.

— Du Kentucky, répondit-elle d'une voix brisée.

— Combien ?

— La meute est énorme. Cent cinquante membres. Si seuls les hommes viennent, ils seraient quatre-vingts ou quatre-vingt-dix.

Il serra les dents. Sa meute ne ferait pas le poids. Celle de Ben serait en mesure de les affronter, cependant. La question était, voulait-il utiliser le service que Stone lui devait pour ça ? Ça l'embêtait d'y avoir recours aussi vite, et pour une affaire qui ne le concernait pas directement. Mais il n'avait pas non plus l'intention de laisser cette femme sans défense.

— Je vais vous amener chez moi le temps de trouver la meilleure stratégie. Je vous cacherai peut-être à Denver, où une meute plus grande pourra vous protéger en cas de problème.

Elle secoua la tête.

— Une meute plus grande, ça veut dire plus de loups susceptibles de... le connaître. Ou de parler.

— On prendra ça en compte.

Son agacement face à la situation en général rendait son ton plus sec qu'il ne l'aurait voulu. Dans le rétroviseur, il la vit tressaillir et baisser la tête.

— Pardon, Alpha.

Il poussa un soupir exaspéré. Il cherchait à gagner sa confiance, pas à la tyranniser jusqu'à ce qu'elle se soumette.

— C'est pardonné, bredouilla-t-il.

Il se gara devant chez lui et porta le garçon à l'intérieur, suivi de près par Colleen et Angie.

Mélissa les accueillit sur le seuil, le front plissé par l'inquiétude. Elle s'activa, proposant nourriture et boissons et, quand ils refusèrent, préparant tout de même un plat de pancakes, de pommes coupées en quartiers et de fraises. Elle le posa sur la table basse avec du sirop d'érable, des assiettes et des fourchettes.

Les enfants se jetèrent aussitôt sur les victuailles, dévorant le tout en moins de cinq minutes. Mélissa récupéra le plat et prépara une deuxième fournée, qu'elle rapporta avec des verres de jus d'orange.

Il parla peu, cherchant des dessins animés à la télé pour occuper les petits pendant que les adultes discuteraient, après avoir jeté un regard reconnaissant à Mélissa. Elle parlait de la pluie et du beau temps d'une voix animée, chassant les tensions dans la pièce et distrayant les enfants.

* * *

Mélissa remarqua que Cody arborait l'expression vaguement inquiète qu'il avait eue lors de la réunion de sa meute, comme s'il portait un fardeau trop lourd et qu'il tenait à tout réussir.

— Allons discuter sur la terrasse, suggéra-t-il. Les enfants seront très bien ici.

Elle se leva, puis hésita, car elle ne savait pas s'il l'incluait, ou s'il voulait parler à Colleen en privé.

Il s'en aperçut et hocha la tête.

— Tu peux venir aussi.

Puis, à l'intention de la louve :

— C'est une amie de la meute, et elle est sous notre protection. Elle est digne de confiance.

Sans la regarder tout à fait dans les yeux, Colleen marmonna :

— Elle est en partie louve.

— Comment le savez-vous ? s'enquit Mélissa, surprise.

Colleen haussa les épaules.

— Je le sens, c'est tout.

Cody lui adressa un faible sourire.

— Votre instinct est meilleur que le mien. Je n'avais rien deviné, moi.

— J'en ai bien besoin, pour survivre au quotidien.

Ils s'assirent sur les marches du porche, car Cody ne possédait pas de meubles de jardin. Il posa les coudes sur ses genoux, les mains pendant entre ses jambes.

— Bon, quelle est votre histoire ?

Colleen ne sembla pas se formaliser de son manque de délicatesse. C'était peut-être une manie de métamorphe. Le beau-frère de Mélissa était plutôt direct, lui aussi. Elle se souvint du jour où Ashley l'avait appelée, après sa rencontre avec lui, pour le comparer à Batman avec son côté autoritaire et ses phrases monosyllabiques.

Colleen lissa ses cheveux blonds et en tritura les pointes. Elle avait des yeux bleu-vert et un joli visage en forme de cœur. Mélissa avait surestimé son âge, au début, à cause des plis autour de sa bouche et de ses yeux, mais maintenant qu'elle l'observait, elle semblait trop jeune pour avoir des enfants de cet âge. Elle ne devait pas être beaucoup plus vieille que Mélissa.

— Notre alpha veut que l'on revienne. C'est mon compagnon. Ou plutôt, c'est ce qu'il croit.

La froideur avec laquelle elle prononça cette dernière phrase laissait entrevoir la force qui se cachait sous ses airs de chien battu.

Mélissa sourit presque.

— Vous l'avez quitté, dit Cody, une affirmation plus qu'une question.

Colleen acquiesça.

— Ma sœur nous a aidés à fuir, quand il a battu Jayden tellement fort qu'il n'était pas guéri à temps pour aller à l'école.

Mélissa sentit son visage devenir exsangue.

Cody lui jeta un regard, et elle se souvint de leur querelle. Elle avait eu tort. Cody n'avait rien à voir avec le mari, ou le compagnon de cette femme. Seul un monstre tabasserait un enfant comme ça.

— Ça fait un mois qu'on est en cavale. Je n'ai pas vraiment réussi à trouver du travail, à part quelques maisons à nettoyer. Je ne voulais révéler mon identité nulle part, de peur qu'il nous retrouve.

Elle haussa ses épaules minces.

— Je ne sais pas comment ça fonctionne, ces choses-là.

— Je ne sais pas très bien non plus, dit Cody. Je pense que s'il a déclaré votre disparition à la police, votre passage à la clinique risque de trahir votre présence en ville. On a un ami dans les forces de l'ordre qui pourra peut-être nous en dire plus.

— Merci de votre aide. À tous les deux.

Elle se tourna vers Mélissa.

— Vous avez été adorable avec mes louveteaux, et ça faisait longtemps qu'ils n'avaient pas vu un visage amical.

Ses yeux étaient embués de larmes. Mélissa se rapprocha d'elle, hésitante, puis posa une main timide dans son dos et le frictionna.

— On ne laissera personne mettre la main sur vous ou vos enfants, promit-elle, croisant le regard de Cody pour exiger sa confirmation.

— C'est vrai, dit-il.

Il la contemplait d'un air sérieux, et elle lut tant d'honneur et de gentillesse dans ses yeux qu'elle faillit craquer.

* * *

Quand tout le monde eut mangé la pizza que Cody avait commandée pour le dîner, il traîna Mélissa dans le garage pour un mot en privé. Le commentaire qu'elle avait fait la veille sur la violence l'avait mis sur la défensive, mais à présent qu'ils étaient directement confrontés aux violences conjugales, il tenait à lui expliquer les choses.

Elle le regardait patiemment, ses grands yeux attentifs. Il se passa la main dans les cheveux.

— Écoute, Mélissa. Ce que tu as dit hier...

— Je suis désolée, l'interrompit-elle. Je sais que ce n'est pas la même chose.

Une vague de chaleur le traversa. Elle avait été géniale avec la famille de Colleen, avait tout fait pour rassurer la mère et mettre les enfants à l'aise. Elle avait beau ne pas être métamorphe, elle avait des talents d'hôtesse ou de mère de meute qui feraient d'elle la compagne idéale pour un alpha.

— On est... brusques. C'est vrai. On guérit vite, alors faire preuve de domination physique ne cause jamais de séquelles.

Une ombre passa sur le visage de Mélissa. Il poursuivit :

— Les mâles dominants sont les plus agressifs, mais ils ont également un besoin inné de protéger. Surtout les plus faibles, comme les louveteaux.

Il indiqua la maison. Imaginer un loup alpha maltraiter ces pauvres enfants le rendait malade.

— Le mécanisme qui assure la sécurité des femelles est simple. Leurs larmes causent une réaction instantanée chez leur compagnon. Elles apaisent toute agressivité et l'encouragent à résoudre les problèmes ayant causé ces pleurs. Dans une situation comme celle de Colleen, quelque chose a très mal tourné. Pour qu'un loup maltraite ses propres louveteaux et sa compagne comme ça, il doit être vraiment cinglé.

— Je comprends. Comme je te l'ai dit, je n'aurais pas dû vous juger. C'est tout nouveau pour moi.

— J'espère que je ne t'ai pas fait peur ou donné l'impression que tu n'étais pas en sécurité. Ce n'était pas ce que je voulais.

Elle secoua la tête.

— Non. Tu es juste... arrogant et étouffant. Honnêtement, ce qui m'inquiète le plus, c'est que ton comportement me fait de l'effet.

Il eut un petit sourire en coin et se rapprocha d'elle.

— Bébé, je ne sais pas ce qu'il y a entre nous, mais...

— C'est juste du sexe, coupa-t-elle trop vite.

Il grimaça.

— Je ne pense pas, dit-il à voix basse. Mon loup intérieur me hurle de te marquer depuis la première fois que nous nous sommes touchés.

Elle lâcha un petit rire.

— Me marquer ? Moi, une humaine ? Ça ne foutrait pas en l'air ta capacité à diriger ta meute ?

Il perçut l'amertume dans sa voix, surpris de constater qu'elle comprenait leurs dynamiques.

— Je sais bien. J'ai lutté, mais...

Elle fronça les sourcils, et il réalisa avec un temps de retard qu'il n'avait pas dit ce qu'il fallait. Raidie, elle déglutit péniblement.

— Ce n'est que du sexe, répéta-t-elle fermement.

— Attends.

Il tendit les mains vers elle, mais elle se dégagea.

— Non, tu as raison. Lutte contre. Une morsure d'accouplement risquerait d'être dangereuse pour une humaine. Je ne peux pas mettre ma vie en danger tout ça pour rester liée pour toujours à un maçon que je viens de rencontrer. Ce serait insensé.

Les mots de Mélissa le frappèrent comme un parpaing en pleine poitrine. Au début, il avait lui aussi estimé que c'était purement sexuel, mais désormais... ses sentiments pour elle étaient beaucoup plus forts. L'entendre dire qu'elle le trouvait toujours indigne d'elle blessait son ego. Non, c'était pire que ça, mais il ne voulait même pas songer aux conséquences d'avoir une compagne qui ne l'estimait pas en retour.

— Je vois, princesse. Eh bien ne t'en fais pas. Demain, tu pourras arrêter de t'abaisser à me fréquenter et retrouver ta vie idyllique.

Il la dépassa d'un pas pressé et regagna la maison.

Mélissa avait les yeux qui brûlaient. Elle n'avait pas voulu blesser Cody, pas du tout. Elle cherchait seulement à se protéger, à se défendre contre son désir croissant d'être... aimée par Cody. Revendiquée par Cody. Elle voulait qu'il la marque, de plus en plus à chacun de leurs échanges, à chaque fois qu'elle le voyait diriger avec compétence, douceur et puissance.

Pour être honnête, elle avait compris qu'elle était déjà

tombée amoureuse de lui, quelque part entre le moment où il l'avait consolée lors de sa première nuit chez lui et celui où ils avaient regardé un film ensemble, la veille.

Mais il dédaignait les humaines. Il n'avait pas envie de s'accoupler à elle, malgré leur attirance réciproque. Elle n'avait pas l'intention de le saborder alors que diriger une meute était tout nouveau pour lui et qu'il s'émancipait du mépris de son père.

Alors elle lui avait laissé une porte de sortie.

Elle ne s'était pas attendue à ce qu'il soit aussi affecté par ses paroles. Il avait pâli, les poings serrés, les muscles de sa mâchoire crispés.

Elle ravala ses larmes et pénétra en silence dans la maison. Il n'y avait plus de bruit. Le salon était vide, à l'exception du loup gris gigantesque roulé en boule sur le seuil qui mettait un point d'honneur à ne pas la regarder.

Cody devait avoir donné sa chambre à Colleen et ses enfants, ce qui laissait donc le canapé à Mélissa.

— Cody ?

Le loup l'ignora.

— Je ne voulais pas dire...

Les lèvres de Cody se retroussèrent, dévoilant ses crocs, et il émit un grognement sourd. Elle se figea, tous ses instincts humains lui hurlant de prendre ses jambes à son cou, bien qu'elle sache qu'il ne lui ferait pas de mal. Elle avait perdu le peu de courage qu'elle avait réuni pour lui parler, cependant.

Elle s'assit sur le canapé, un coussin dans les bras, consciente qu'elle ne fermerait sans doute pas l'œil de la nuit.

# Chapitre Treize

Elle se réveilla avec un torticolis et le cœur endolori. La famille venue du Kentucky chuchotait dans la chambre, où ils restaient manifestement cantonnés en attendant qu'elle se lève. Aucune trace de Cody.

Elle se rendit dans la salle de bains le plus bruyamment possible afin que les invités sachent qu'ils pouvaient sortir. Quand elle émergea, Colleen se trouvait dans la cuisine, une main sur la porte du frigo, hésitante.

— Je ne sais pas où est passé Cody, mais il voudrait que vous vous serviez, dit Mélissa.

La louve sembla rassurée.

— Oh, d'accord. Je vais préparer des œufs, vous en voulez ?

— Avec plaisir, merci.

Elle laissa Colleen s'affairer dans la cuisine.

Espérant se remonter le moral avec une bonne nouvelle, elle alla voir ses mails, mais l'agent de CJ Steele n'avait pas répondu à son offre. Ce qui signifiait qu'elle avait expiré.

C'était absurde. Elle avait fait une offre au prix et l'annonce était toujours en ligne. Elle prit son téléphone et appela Brad Johnson.

— Oui, c'est Mélissa Bell, j'ai fait une offre sur la maison de CJ Steele à Old North End il y a deux jours ?

L'agent grogna.

— Pourquoi n'a-t-elle pas été acceptée ? Vous en avez reçu d'autres ?

— Non, je n'en ai pas d'autres. Désolé que votre offre ait expiré avant que le vendeur ait pu se décider. Vous auriez dû donner un délai de réflexion plus long.

Elle soupira.

— Pourquoi aurait-il besoin d'un temps de réflexion alors que je faisais une offre au prix et qu'il n'y en avait pas d'autre ?

Brad émit un son impatient.

— Pour être tout à fait honnête, je pense que cela avait à voir avec vous, personnellement.

Une sensation glacée la submergea. CJ Steele l'avait-il blacklistée à vie à cause du contrat raté de ses débuts ? Ce serait injuste. Tout ce qu'elle souhaitait, c'était avoir une relation positive avec lui. Et habiter dans l'une de ses maisons.

— Pardon ?

— Je ne sais pas. Il m'a dit qu'il allait y réfléchir. Il n'était pas sûr que cette maison soit faite pour vous, ou quelque chose comme ça.

La sensation glacée se transforma en brûlure.

— Je peux le contacter ? Lui parler directement ?

— Vous savez bien que je ne vous donnerai pas ses coordonnées.

La condescendance dans la voix de l'agent lui donna envie de lui filer un coup de pied dans les tibias.

Elle raccrocha sans dire au revoir et se mit à cliquer sur sa souris d'ordinateur. Le numéro de ce type était forcément en ligne quelque part. Sur un rapport, au registre des entreprises ou autre. Elle tapa CJ Steele Construction sur Google et obtint sans peine un numéro.

Ses pouces appuyèrent sur les touches de son portable à toute vitesse, et elle se leva pour sortir sur la terrasse, consciente que les enfants écoutaient sûrement tout ce qu'elle disait.

Son écran afficha le nom « Cody » tandis qu'elle entendait la tonalité sur son téléphone, et étouffée, une sonnerie dans le garage.

— Je suis dans le garage, lança-t-il.

Elle sentit son cœur faire un bond. Elle raccrocha et contempla son écran, complètement abasourdie.

*Cody était CJ Steele ?*

Non, c'était peut-être simplement le numéro que Steele avait mis en ligne. Mais avant même d'avoir fini d'émettre cette hypothèse, elle la mit de côté. Cody était forcément Steele. Désormais, c'était si évident que ça la tuait. Le C, c'était pour Cody.

Pourquoi ne lui avait-il donc rien dit ? Sa colère se mit à bouillonner en elle, épaisse et brûlante.

Elle se dirigea vers le garage d'un pas pressé et ouvrit la porte à la volée.

Cody avait placé sa Ducati sur un support pour l'inspecter ou la réparer.

Elle ferma derrière elle, car elle ne voulait pas se donner en spectacle devant Colleen et les enfants.

— Alors, j'imagine que ça t'a bien amusé, de me prendre pour une idiote. *Tu devrais proposer moins,* as-tu suggéré au sujet de mon offre sur la maison.

Cody se leva et essuya ses mains pleines de graisse avec un chiffon. Son visage se ferma.

— Tu avais hâte de me remettre à ma place, hein ?

— Hé, attends une seconde, intervint-il.

— Tu en meurs d'envie depuis qu'on s'est rencontrés. Tu me prends pour une petite princesse pourrie gâtée qui pleure quand elle se casse un ongle. Tu devais bien te marrer, quand je faisais l'éloge du grand CJ Steele.

Il plissa les yeux.

— Je ne vois pas pourquoi tu t'énerves. C'est moi qui devrais être en colère, non ?

Elle ouvrit la bouche, puis la referma.

— Pourquoi est-ce que tu serais en colère ? Tu pourrais te permettre d'acheter et de revendre la moitié de la ville. Alors que moi, tout ce que je voulais, c'était acheter une seule baraque, et j'étais prête à la payer plein pot.

Cody fronça les sourcils.

— Mais toi tu n'attendais qu'une chose, la grande révélation, poursuivit-elle. Ça fait du bien ? Tu es content de faire pendre le truc que je désire le plus au monde sous mon nez ? Tu veux que je me mette à genoux pour te le demander, c'est ça ?

Elle plaça les mains sur ses hanches.

— Parce que je suis prête à le faire. C'est le genre de trucs qui te plaît, hein ?

Il s'empourpra, furieux, et ses iris devinrent bleu clair.

— Je ne vois pas ce qui te permet de me faire des reproches. C'est toi qui te trouves trop bien pour moi, le misérable *maçon*. Tu refusais de me voir comme un compagnon potentiel. Est-ce que je suis digne de toi, maintenant ? Tout a changé maintenant que tu sais que j'ai du fric ?

Une vague brûlante de honte et d'humiliation la submergea. Il avait raison. Elle l'avait mal jugé. C'était peut-être en partie pour cela qu'elle était aussi en colère. Elle était gênée d'avoir eu ces préjugés.

— Non, répliqua-t-elle d'un ton sec. Le fric, ça ne rend pas moins con.

Elle tourna les talons, regagna la maison et claqua la porte derrière elle.

Dans le garage, un outil métallique frappa le mur, avant de résonner sur le sol en béton.

Elle reçut un message à l'instant même où quelqu'un frappait à la porte d'entrée. Elle regarda son écran.

Ashley lui avait écrit : *On est là !*

Ce n'était pas trop tôt. Elle se rua sur la porte et l'ouvrit en grand. Sans prêter attention aux deux armoires à glace – des métamorphes – qui encadraient sa sœur, elle la serra dans ses bras de toutes ses forces.

* * *

Avec un juron, Cody ramassa une autre clé à molette à jeter contre le mur, mais l'odeur de deux loups le poussa à se raidir, et il fonça plutôt dans la maison.

Mélissa était debout dans les bras d'une femme qui lui ressemblait comme deux gouttes d'eau, à l'exception d'une chevelure un peu plus courte. À côté de la nouvelle venue se tenaient Mark Ruhl, dont il aurait reconnu l'odeur s'il avait eu les idées plus claires, et un autre loup qui devait être Ben Stone.

— On est rentrés en avance, annonça Ben en guise de salutations. Je voulais exfiltrer Mélissa de Colorado Springs avant la remise de l'argent.

Mark et lui étaient restés sur le perron par respect pour le territoire de Cody, vu que c'était lui l'alpha de cette ville.

— Entrez, leur dit-il.

Ben pénétra dans la maison et lui tendit la main. Cody la serra, avant de saluer Mark.

— Merci de ton aide, dit Ben. Je te suis redevable.

Cody tentait de rester concentré sur l'alpha de Denver, mais son regard n'avait de cesse de glisser vers Mélissa. Son ventre se noua. Elle allait partir.

Il ne la reverrait plus jamais.

Chaque cellule de son corps se rebellait à cette idée. Son loup mourait d'envie de la serrer contre lui, de l'empêcher de quitter les lieux. Pour toujours.

Mais c'était impossible. Ils ne cessaient de se prouver qu'ils étaient complètement incompatibles. Elle n'avait aucune considération pour lui, elle le jugeait inférieur. Et lui, il ne devrait pas s'intéresser à elle, désirer une humaine.

Il surprit le regard acéré de Stone, et il se secoua mentalement. Mélissa était allée dans la chambre et semblait faire ses bagages en quatrième vitesse.

— Ça te convient ? lui demanda Ben.

— Pardon... quoi ?

*Ne la laisse pas partir,* gronda son loup.

Les deux autres hommes semblèrent également perdre le fil de la conversation lorsqu'ils repérèrent l'odeur de Colleen. Mark la regardait bouche bée, ratatinée qu'elle était au fond de la cuisine comme pour se cacher.

Cody prit sur lui et se détourna de Mélissa pour faire signe à Colleen d'approcher.

— Colleen, venez, s'il vous plaît.

Ses grands yeux verts avaient beau sembler sur leurs gardes, elle obéit, traversant lentement la pièce en s'essuyant les mains sur son jean. Ses enfants, qui jouaient sur l'ordinateur de Cody dans la chambre, apparurent à leur tour, mais restèrent sur le seuil.

L'expression de Mark était devenue prédatrice, et la jeune femme réagit à cette marque d'intérêt en défaisant sa queue de cheval pour laisser ses cheveux blonds tomber sur ses épaules.

— Je vous présente Colleen. Ses enfants et elle ont besoin d'une protection plus importante que celle que ma meute est en mesure de leur offrir.

— Ils peuvent venir chez moi, dit Mark avant même que Cody ait fini de parler, avant même de savoir quel danger les menaçait.

Cela arrangeait Cody. Il était incapable de se concentrer, incapable de réfléchir, avec son loup qui se débattait et donnait des coups de griffes juste sous la surface.

*Ne. La. Laisse. Pas. Partir.*

Cody transpirait, la douleur de la transition presque aussi forte que si la lune était toujours pleine.

Mélissa ne lui jeta pas un seul regard pendant qu'elle récupérait ses affaires aux quatre coins de la maison. Elle avait un sac de voyage à la main. Il ignorait où elle l'avait trouvé.

— Si tu veux être tranquille, ma meute peut s'occuper de la remise de l'argent, disait Stone, ses mots étouffés par le tintement dans les oreilles de Cody.

Il secoua la tête.

— C'est moi qui m'y rendrai.

— Tu es sûr ?

— Certain.

— Ruhl t'accompagnera, pour que tu aies un renfort parmi ma meute. Tu peux aussi emmener un de tes membres, si tu veux. Moi, j'emmènerai les femelles et les louveteaux à Denver jusqu'à ce que ce soit terminé.

*Pas ma femelle.*

Mais elle n'était pas à lui. Il ne l'avait pas marquée. Bon sang ! Pourquoi ne l'avait-il pas fait ? En cet instant, il se fichait qu'elle soit humaine, ou qu'elle s'estime trop bien pour lui. Il était prêt à lui offrir tout ce qu'elle avait toujours désiré. La maison de ses rêves. Des fringues, du maquillage. Des fleurs. Il la traiterait comme la putain de princesse qu'elle était. Pourquoi s'était-il servi de ce sobriquet pour se moquer d'elle, alors que cela lui correspondait si bien ?

La pièce tournait autour de lui, il faisait trop chaud.

Non, il fallait que Mélissa s'en aille. Qu'elle reste à l'écart du danger. Stone avait raison. Il la protégerait comme si elle était sa propre compagne. Elle faisait partie de sa famille.

Cody prit plusieurs inspirations profondes afin d'y voir clair. Stone le scrutait. Ruhl était en pleine conversation avec Colleen, qui semblait avoir cinq ans de moins, maintenant qu'elle souriait timidement.

Mélissa lui passa devant et saisit la poignée de la porte.

— Je te rembourserai pour les trucs que tu m'as achetés dès que je toucherai mon salaire.

— Je ne veux pas de ton argent. Mélissa...

Elle s'arrêta, ses yeux bleus percutant les siens avec la force d'un bulldozer.

Son cerveau se vida. L'animal en lui se déchaînait trop près de la surface pour qu'il soit en mesure d'exprimer des idées cohérentes.

Elle fit la moue.

— À plus, dit-elle.

Son murmure était plein de tristesse, d'abattement.

C'était à cause de lui. Il l'avait tournée en dérision, s'était comporté comme un adolescent sur la défensive. Était-il toujours le gamin orgueilleux que son père avait mis à la porte douze ans plus tôt ? Avait-il toujours autant besoin de faire ses preuves ? Même avec Mélissa ? Ou l'avait-il fait à cause de son père, pour gagner son approbation en s'accouplant à une femelle alpha au lieu de l'humaine qu'il aimait ? Oui, qu'il *aimait*.

Au diable toutes ces conneries.

Cody était un alpha. Il n'avait plus rien à prouver. Si ce qu'il désirait, c'était cette belle rousse un quart louve, il devait la revendiquer.

Mais elle était déjà sur le trottoir, en train de lui échapper. Et elle n'avait pas jeté un seul regard en arrière. Pas un seul.

Le torse brûlant comme si on l'avait déchiré, il resta figé, la laissa s'éloigner. Quitter sa maison et sa vie.

C'était une erreur. Une terrible erreur.

Mélissa parvint uniquement à se maîtriser parce que Colleen et ses enfants étaient avec eux. Elle plaqua un sourire pincé à son visage et monta à l'arrière du SUV noir rutilant de Ben. Ashley et Colleen lui adressèrent malgré tout un sourire compatissant.

Elle ne trompait personne.

— Ne renoncez pas à lui, murmura Colleen.

Mélissa haussa les sourcils.

La jeune femme rougit.

— Je sais, je ne vous connais pas, mais je n'ai pas pu m'empêcher d'entendre votre dispute. Et je sais qu'il tient à vous.

Mélissa déglutit. *Tenait-il* à elle, ou aimait-il seulement coucher avec elle ?

— Qu'est-ce qui vous fait dire ça ?

— La façon dont il vous suit des yeux où que vous alliez. Dont il se détend et s'agite à la fois en votre présence. Sa tête quand vous êtes partie.

Le souffle coupé, Mélissa sentit une tension monter derrière ses yeux.

Ashley se retourna dans le siège passager pour la regarder, et même Ben lui jeta un coup d'œil dans le rétroviseur.

— J'ai raté quelque chose ? s'enquit son beau-frère.

Elle leva les yeux au ciel. Ben était nul en relations interpersonnelles.

— Pas du tout, répondit-elle d'un ton catégorique.

Fin de la conversation.

Cody et elle n'étaient pas faits l'un pour l'autre. Elle l'avait su dès qu'elle l'avait rencontré. Ils avaient beau être fortement attirés l'un par l'autre, ils ne savaient faire qu'une chose : se disputer.

Elle ferma les paupières et se passa la main sur le visage.

Elle ne le verrait qu'une seule fois supplémentaire, puis elle pourrait lui tourner le dos. Commencer une nouvelle vie. Sans lui. Et sans maison CJ Steele.

La douleur lui broyait le cœur, l'anéantissait et la vidait de ses tripes. Tout son enthousiasme à l'idée d'une nouvelle vie sans Jeremy s'était envolé. Seul un vide persistait.

Elle avait tout de même un plan à court terme. Cody n'en savait rien, mais elle avait pris l'argent que Ben lui avait transféré pour le paiement de Rabago. Il se trouvait dans le sac de voyage à ses pieds. Elle ne voulait pas qu'il s'implique davantage. Elle comptait retrouver Jeremy et l'amener à la rencontre. S'ils se présentaient tous les deux avec la somme demandée, Rabago les laisserait tranquilles. Si elle y allait sans Jeremy, ce dernier risquait de se faire tuer. Elle lui devait bien ça, vu qu'il lui avait sauvé la vie. Elle pianota sur son téléphone pour commander un Uber qui l'emmènerait chez le cousin de Jeremy, puis à Colorado Springs le soir même. Oui, ça coûterait une fortune, mais ça vaudrait le coup, si ensuite, elle pouvait laisser toute cette histoire au passé.

Elle s'attellerait au reste de sa vie le lendemain.

# Chapitre Quatorze

Cody faisait les cent pas chez lui pendant que Mark sortait des armes.

— Vingt membres de ma meute seront là dans quelques heures, annonça ce dernier. Je pense que ça sera suffisant. Comme ça, tu n'auras pas à mettre les tiens en danger. Je veux que tout le monde reste sous forme humaine et se serve de pistolets. Je n'arriverai pas à expliquer des gorges arrachées et des traces de griffes aux autorités une deuxième fois.

Cody hocha la tête d'un air absent, sans demander de détails sur la première fois que cela s'était produit. Où qu'il tourne les yeux, il voyait la trace du passage de Mélissa. L'élastique avec lequel elle s'attachait les cheveux était posé sur la table basse. Elle avait laissé l'ordinateur portable qu'il lui avait acheté dans la cuisine, et ses vêtements étaient soigneusement pliés sur le sèche-linge.

— Si tu as besoin de moi, je serai dans le garage, marmonna-t-il.

Il avait besoin d'être seul.

Bordel. Il s'était comporté comme un crétin. L'avait-il

vraiment accusée d'être une croqueuse de diamants ? Elle n'était pas comme ça, et il le savait. Mélissa avait pris sous son aile une adolescente renfrognée aux cheveux bleus et s'était pliée en quatre pour une famille maltraitée qu'elle venait de rencontrer. Elle avait dit qu'elle ne pardonnerait jamais au père de Cody de l'avoir jeté dehors. Elle se faisait du souci pour son bon à rien d'ex petit ami alors qu'il l'avait mise en danger.

Pourquoi lui avait-il caché être CJ Steele ?

La vérité était aussi simple que le fait qu'il avait adoré entendre Mélissa chanter ses louanges. Cela voulait-il dire qu'elle ne s'intéressait pas à lui en tant que personne ? Qu'elle admirait uniquement sa version idéalisée de CJ Steele ?

Peut-être.

Peut-être pas. Elle adorait son travail. Et celui qui avait créé cela, c'était Cody. Pourrait-elle tomber amoureuse de lui ? Le corps de Mélissa régissait à ses caresses, c'était indéniable. Et chaque fois qu'elle avait baissé sa garde – ce qu'il ne l'avait pas souvent aidée à faire –, les choses s'étaient bien passées entre eux. Tellement bien que cela l'avait terrifié. Il ne s'était jamais senti aussi proche d'une femme, et encore moins d'une femme qu'il venait de rencontrer. Pire, d'une humaine. *Partiellement* humaine.

En partie métamorphe.

Mais dès qu'ils s'étaient rapprochés, il l'avait repoussée. Il s'était montré dédaigneux, renfermé, voire complètement con à de nombreuses reprises. Maintenant qu'elle avait retrouvé sa sœur et Stone, elle n'aurait plus besoin de lui. Il n'aurait plus de prétexte pour l'approcher, pour la garder auprès de lui.

Il aurait dû la marquer !

Mais non, cela ne changerait rien pour elle. Il retournait

à la case départ : il avait besoin d'une femme qui ne voudrait peut-être plus jamais le revoir.

Si seulement il s'était montré un tant soit peu charmant. Ou galant. S'il avait fait l'effort de la découvrir, ou de se dévoiler davantage. Au lieu de cela, il était resté irritable, sur la défensive.

Chaque minute qui passait le rendait plus agité alors que son authentique compagne s'éloignait de lui.

Il s'occupa les mains en bricolant sa Ducati. Il nettoya et graissa les mêmes pièces encore et encore.

Les minutes devinrent des heures. Son cerveau était envahi par un brouillard avilissant, parfois chassé par sa détermination à gagner l'affection de Mélissa quoi qu'il en coûte dès qu'ils se seraient occupés de Rabago.

La meute de Denver commença à arriver, et il regagna la maison pour écouter Mark leur distribuer armes et consignes.

Son téléphone sonna, et il regarda l'écran.

— C'est Stone, dit-il à Mark avant de décrocher. Allô ?

— Mélissa est partie, annonça Ben d'un ton laconique.

Cody se glaça.

— Où ça ?

— Je ne sais pas. Ashley pense qu'elle reviendra à Colorado Springs, pour une raison ou pour une autre. Reste aux aguets.

*Elle allait se rendre au rendez-vous.* Cette idée le frappa avec la certitude de la vérité.

— Attends une seconde.

Le sac de voyage qu'elle avait emporté... qu'y avait-il dedans ? Tout ce qu'il lui avait acheté était resté chez lui. Il se rua sur l'armoire où il avait caché l'argent et ouvrit les battants d'un geste. Le sac était vide.

*Merde.*

— Elle a emporté l'argent, annonça-t-il. Elle va se rendre au rendez-vous.

Ben poussa un juron retentissant.

— Je m'en occupe, dit Cody.

Il raccrocha avant que Stone puisse protester. Il n'y avait rien à ajouter. Mélissa se dirigeait droit dans un piège mortel, et le peu de sang métamorphe qu'elle avait ne la sauverait pas d'une blessure par balle. Il devait l'intercepter avant qu'elle se fasse tuer.

— On y va, aboya-t-il, bien qu'il n'ait aucune autorité sur la meute de Ben.

Il fourra un pistolet dans la ceinture de son jean et se précipita vers son pick-up, qu'il mit en route avant même que les autres soient tous sortis. Il démarra en trombe en direction du point de rendez-vous, le seul endroit où il était sûr de trouver Mélissa.

Le plan de Mark avait été d'arriver avec la meute sans se faire repérer. Il s'y tiendrait peut-être. La seule obsession de Cody, c'était d'arriver avant Mélissa. Il écrasa l'accélérateur, et dans un crissement de pneus, il prit la route qui menait au parking abandonné indiqué par Rabago. Il cacha son pick-up derrière une haie située à l'écart pour ne pas attirer l'attention sur son arrivée.

Il entendit un crissement de pneus et se cacha dans l'ombre. Le Range Rover bleu qui avait été garé devant chez Mélissa le premier soir entra sur le parking, et Cody se jeta dans le fossé pour ne pas être vu. Deux autres voitures suivirent la première.

Il lutta contre son envie de se transformer pour se protéger et défendre sa femelle, et il courut jusqu'au parking.

Le pick-up Toyota blanc qu'il avait également repéré devant chez Mélissa s'était garé à côté du Range Rover et d'autres voitures. Le pick-up appartenait-il à Mélissa ? Il l'imaginait mal au volant d'un véhicule pareil, mais après tout, il l'avait mal jugée une bonne demi-douzaine de fois, non ?

Le parking semblait avoir été abandonné au beau milieu de sa construction. La fondation en béton et une structure partielle contrastaient avec le ciel crépusculaire. Cody saisit son arme et avança lentement, en passant derrière le bâtiment.

De grosses voix masculines résonnaient sur les murs, déformant les sons et l'empêchant de les localiser avec précision. Les hommes semblèrent se séparer pour faire le tour des lieux.

— Il y a quelqu'un ?

Son cœur faillit s'arrêter. C'était la voix tendue de Mélissa.

— On est là, lança-t-elle. On a l'argent. Jeremy l'a retrouvé.

Sa voix chevrota en prononçant ce mensonge.

— Ouais, je l'ai récupéré auprès des mecs qui vous ont volé.

C'était qui, ça ? Jeremy ?

Cody serra les dents. Il avait envie de le tuer, ce connard. Mélissa avait-elle tenu à ce que Jeremy se sorte de ses ennuis sans encombre ? Était-ce pour cela qu'elle risquait sa vie ce soir ? Cet abruti ne méritait pas tant de loyauté.

— À genoux, les mains derrière la tête, ordonna Rabago.

Cody ne voyait toujours personne, mais les voix ne semblaient pas provenir de la même zone. Il longea un mur en béton et jeta un coup d'œil derrière une colonne. Mélissa et Jeremy étaient agenouillés, les doigts mêlés derrière leurs têtes. Le sac rempli d'argent se trouvait devant eux.

Bordel.

Ça sentait mauvais. Rabago les tuerait à l'instant où il aurait vérifié que la somme y était, et Cody ne pouvait pas intervenir sans mettre Mélissa en péril.

Il sentait l'odeur des métamorphes tout autour de lui. Ils devaient se rapprocher discrètement.

Rabago et quatre de ses hommes arrivèrent, venus de directions différentes, et encerclèrent Mélissa et Jeremy, leurs armes braquées sur leurs têtes.

— Vérifiez, ordonna Rabago en montrant le sac d'un signe de tête.

L'un de ses larbins se rua vers le sac, genoux pliés, tête baissée. Il le traîna en arrière avant de regarder à l'intérieur.

— Ouais, on dirait que tout y est.

Merde.

Les narines de Mélissa se dilatèrent, et elle tourna la tête en direction de Cody comme si elle arrivait à le sentir. Mais c'était impossible.

Rabago la vit faire et tira aussitôt dans la direction où elle avait regardé.

— Mélissa, à terre ! lança Cody.

Il quitta sa cachette et tira sur Rabago, qui se cacha derrière un pilier. Le claquement des tirs qui fusaient en tous sens résonnait sur les murs et le rendait sourd.

Mélissa et Jeremy s'étaient jetés au sol. L'homme avec le sac s'était fait tirer dessus, et Jeremy se mit à ramper sur le ventre en direction du butin.

Cody se précipita vers Mélissa, recevant deux balles dans la poitrine.

— Non ! s'exclama-t-elle.

Elle se jeta sur lui, les traits déformés par l'horreur. Son cri et les blessures poussèrent presque Cody à se transformer, mais il devait garder sa forme humaine, s'il voulait l'aider. Il la plaqua par terre et se coucha sur elle, tête baissée.

— Non, sanglota-t-elle. Oh, mon Dieu, non. Cody...

— Chut, bébé. Ne bouge pas.

De surprise, elle étouffa ses pleurs. Elle avait dû le croire aux portes de la mort.

Jeremy reçut presque une balle en pleine tête. Elle frappa le sol juste à côté de lui. Cody tira sur l'agresseur, Rabago. Il l'atteignit en plein milieu du front. Il pouvait remercier son père, qui l'avait entraîné au tir et à la chasse pendant dix ans.

Les tirs devinrent de plus en plus rares, et les métamorphes investirent les lieux, aussi organisés qu'une milice.

Des sirènes retentissaient au loin, et Mark sortit son téléphone.

— Disparaissez, tous sauf vous trois, ordonna-t-il en indiquant Jeremy, Cody et Mélissa.

Cody cessa d'écraser cette dernière et l'aida à se mettre debout.

— Tout va bien, bébé ? Tu es blessée ?

Elle secoua la tête, et ses lèvres formèrent des mots sans qu'aucun son n'en sorte.

— T... tu es... touché ? Ça va. Hein ? Du sang.

La pauvre. Il la serra contre lui d'un bras tout en gardant son pistolet dans l'autre main.

— Je vais bien. Tant qu'on n'est pas touché en pleine tête, on s'en sort.

Il embrassa ses cheveux. Sa réaction en le voyant se faire transpercer de balles resterait gravée dans sa mémoire.

Elle l'aimait.

Jeremy tenta maladroitement de se remettre debout, mais Mark pointa son arme sur lui.

— Toi, tu restes par terre. Yeux baissés, les mains derrière la tête.

Jeremy obéit. Les sirènes devinrent plus fortes.

— Ça va être un vrai bordel, grommela Mark. Essayez de me laisser parler, d'accord ? Lâche ton arme, Steele.

Cody laissa tomber le pistolet et enlaça Mélissa à deux bras. Son corps tremblait contre le sien.

— Chut, tout va bien. C'est terminé. Tout va s'arranger, murmura-t-il dans ses cheveux.

Elle frémit, et il la serra encore plus fort.

— Je te tiens, bébé. Je ne te lâche pas.

Ni maintenant, ni jamais. Quoi qu'il arrive.

# Chapitre Quinze

Mark Ruhl réussit à obtenir que la police laisse partir Mélissa et Cody après avoir donné leurs témoignages, sans qu'ils aient à passer par le commissariat. Jeremy n'avait pas eu autant de chance. Mais bon, il était vivant. Le reste ne les concernait plus.

Cody l'enlaça tout du long, même maintenant qu'il la menait à son pick-up. Il lui ouvrit la portière passager, cependant, et tendit la main pour qu'elle lui en donne les clés.

Dans d'autres circonstances, elle aurait peut-être protesté. Mais pour l'instant, elle était presque incapable de prononcer des phrases complètes, et les vêtements gorgés de sang de Cody lui rappelaient l'horreur qu'elle avait éprouvée lorsqu'elle l'avait cru mort.

Elle aurait dû se douter qu'il s'en sortirait. Elle aurait dû se souvenir du récit d'Ashley, quand Ben s'était fait tirer dessus après qu'elle avait subi un chantage. Mais sur le moment, elle avait seulement ressenti une terreur aveugle. Une peur glaçante à l'idée que Cody ait été assassiné. À cause d'elle. Et son plus grand regret avait été qu'il meure sans savoir ce qu'il représentait pour elle.

Elle monta dans son véhicule et s'assit, attendant comme engourdie que Cody démarre et les reconduise en ville. Elle ne fit attention ni à la direction qu'il prenait ni à ce qui les entourait ; ses oreilles bourdonnaient toujours après les coups de feu, et des images sanglantes tournaient en boucle dans son esprit.

— Cody...

Sa voix se brisa. Il fallait qu'elle lui raconte, qu'elle se rattrape après tout ce qu'elle lui avait dit.

— Je n'ai jamais pensé que tu étais... un simple maçon.

Sa langue semblait trop grosse pour sa bouche. Une tension montait derrière ses yeux et son nez.

— Je suis désolée de...

— Chut, bébé. Je sais.

— Non, s'il te plaît... je veux que tu saches quelque chose.

Il se tourna vers elle d'un air las, les yeux hagards.

— Quoi, bébé ?

— Je bluffais, murmura-t-elle. Quand j'ai dit que ce n'était que du sexe. À chaque fois que je te repoussais. Tu étais un peu trop mon genre, et j'avais peur de commettre une nouvelle erreur, mais je n'ai jamais trouvé que tu étais indigne de moi.

Cody se gara et prit ses mains entre les siennes. Elle regarda par la fenêtre. Elle ne reconnaissait pas cet endroit. Ils étaient dans le quartier d'Old North End, mais pas dans la rue de Cody. Une énorme maison victorienne en briques était plantée au milieu d'un terrain récemment aménagé. La bâtisse semblait vétuste. Certains murs avaient des taches de moisissure, et elle avait désespérément besoin d'un nouveau toit et de plusieurs couches de peinture.

— Où est-on ?

Cody ne répondit pas, mais il fit le tour du pick-up pour lui ouvrir la porte, tendant la main pour l'aider à descendre. Il l'enlaça à nouveau et se dirigea vers l'entrée de la maison, sortant son trousseau de clés pour leur ouvrir.

— C'est l'une de tes maisons ?

— Ouais.

Il la mena à l'intérieur.

L'instinct d'agente immobilière de Mélissa se mit en route, une distraction bienvenue après la scène choquante qu'ils venaient de quitter. Elle prit note des rénovations nécessaires pour rendre les lieux habitables et calcula le rabais à demander sur le prix d'origine. Mais non, si cette maison appartenait à Cody, il la retaperait lui-même. Ce qui signifiait qu'il la mettrait sûrement en vente à huit cent mille dollars. Largement au-dessus de son budget.

— Elle n'est pas encore terminée, je pense que ça se voit. Je commence tout juste. Mais c'est cette maison que j'imaginais pour toi. C'est pour ça que je n'ai pas accepté ton offre sur l'autre bien.

Elle avait l'impression d'avoir le cerveau en panne.

— Je ne comprends pas.

Cody la lâcha, puis recula pour se frotter le front.

— Elle est plus grande, tu vois. On pourrait s'étaler petit à petit.

— *On* ?

Le chagrin envahit les traits de Cody. Ses épaules se voûtèrent.

— Où tu peux prendre l'autre, si tu l'aimes mieux. Tu peux avoir la maison que tu veux. Mélissa...

Elle sentit les larmes lui monter aux yeux. Elle prit une inspiration tremblante, mais ne dit rien, car elle voulait d'abord s'assurer qu'elle avait bien compris où il voulait en venir.

Il lui prit les deux mains.

— Ne pleure pas, je t'en prie. J'ai besoin de toi, bébé.

Il la fit pivoter et l'enlaça, debout derrière elle.

— Cette maison, princesse, murmura-t-il, son souffle doux contre son oreille, je ferai en sorte qu'elle soit parfaite pour toi. Pour nous, si tu veux bien de moi. Il y a même de la place pour des louveteaux, ici. Plein, si c'est ce que tu veux.

Quelque chose papillonnait dans sa poitrine. L'espoir qu'elle avait eu peur de ressentir. Elle rit malgré les larmes qui coulaient sur ses joues.

— Oui, j'en veux plein. Au moins trois.

Cody se figea, puis la fit lentement tourner dans ses bras pour la regarder.

— C'est vrai ?

Elle acquiesça.

— Avec moi ?

Elle pencha la tête sur le côté.

— Eh bien, je me disais que je pourrais vivre dans ta maison, mais inviter Jeremy à...

Le grondement inhumain dans la gorge de Cody la fit crier. Il la plaqua au mur et colla sa bouche contre la sienne, avalant son rire. Il plongea la langue entre ses lèvres tout en la soulevant pour presser son membre contre son sexe.

— Ce n'est pas drôle, grogna-t-il.

Il fourra deux doigts dans la bouche de Mélissa tandis qu'il ondulait contre elle.

Elle les suça, envahie par la chaleur.

— Ne prononce plus jamais ce nom-là devant moi.

Il tira sur l'élastique de son jean.

— Attends, s'écria-t-elle, craignant qu'il le lui arrache. Je vais l'enlever.

Les yeux de Cody étaient devenus bleu pâle.

— Je vais te baiser jusqu'à ce que tu n'aies plus aucun souvenir de son nom. Compris ?

Elle jouit presque sur-le-champ, rien qu'à cause de sa menace pleine de possessivité. Elle déboutonna gauchement son pantalon et le baissa sur ses hanches.

Cody ôta les doigts de sa bouche et la fusilla du regard.

— Tout de suite, Mélissa.

Ses canines s'étaient-elles allongées ? Elle aurait dû prendre peur. Il était parfaitement en mesure de lui faire du mal. Mais elle s'en fichait. Elle voulait qu'il la revendique, qu'il la possède, qu'il la draine tout entière. Après avoir sautillé sur une jambe, elle parvint à se débarrasser de son jean et de sa culotte.

Avant même qu'elle se soit relevée, Cody l'avait de nouveau plaquée contre le mur, son tee-shirt soulevé jusqu'au cou, son soutien-gorge baissé. Il referma les lèvres sur l'un de ses tétons et le suça avec force tout en effleurant sa chair sensible avec ses dents.

Elle poussa un cri.

— Tu es ma compagne, Mélissa. Je dois te revendiquer. Je suis désolé, je ne sais pas pourquoi j'ai lutté contre mon instinct.

— Moi aussi je suis désolée. J'avais envie que tu me revendiques, mais j'essayais de m'épargner d'autres souffrances.

Il ouvrit violemment sa braguette pour libérer son érection.

— Je ne peux plus arrêter, maintenant, déclara-t-il les dents serrées en la pénétrant sans avertissement.

Elle frémit et se contracta autour de lui. Il enchaîna les coups de reins, et elle eut aussitôt un orgasme.

— À qui tu appartiens ? rugit-il. Dis-le.

— À toi ! À Cody Steele. Rien qu'à toi.

Oui, ses dents s'étaient bel et bien allongées. Elle dut paraître effrayée, car il posa une main sur ses yeux.

— Ne regarde pas, haleta-t-il. Ne bouge pas. Oh, Seigneur, ne bouge pas, s'il te plaît.

Il avait l'air de souffrir.

Les fesses de Mélissa heurtaient le mur derrière elle tandis qu'il continuait de la prendre vite et fort.

— Je ne peux pas m'arrêter, gémit-il. Je ne veux pas te faire de mal, bébé.

La vision obscurcie, elle le désirait encore plus intensément. Elle frappa l'épaule solide de Cody avec son poing et lui cria :

— Fais-le !

Il s'enfonça profondément. Une douleur vive lui transperça l'épaule, devant comme derrière.

Elle hurla.

Le corps de Cody tressaillit et se crispa, avant de se détendre progressivement. Ses dents se rétractèrent et il lécha la blessure qu'il lui avait infligée, lapant sa douleur.

Les muscles internes de Mélissa continuaient de frémir autour de son membre, mais elle aussi s'était détendue, et une sensation de bien-être incroyable l'envahissait. Elle se souvint qu'Ashley lui avait dit que le sérum produit par les dents des métamorphes – le sérum qui venait de la marquer éternellement comme la compagne de Cody – produisait un effet semblable à un antidouleur.

Elle se laissa glisser contre le mur, les muscles tout mous.

Cody ôta la main de ses yeux.

— Bébé. Oh non, tu pleures.

Elle secoua la tête.

— Pas du tout.

Mais Cody essuya des larmes sur ses joues.

— Je suis désolé. Tu es blessée ? Enfin, bien sûr que tu es blessée. Merde.

Il se retira et la souleva sous les genoux.

— Tout va bien, bébé. Tu vas t'en sortir.

L'angoisse sur ses traits serra le cœur de Mélissa.

Il poussa un juron.

— Cody, bredouilla-t-elle, désireuse de le rassurer. Je vais bien.

— Tu es capable de tenir debout ? Juste une seconde, le temps que je te rhabille ?

Il lui remit ses vêtements, puis il la souleva à nouveau et la porta jusqu'à son pick-up. Cela avait beau être complètement fou, ce qu'elle tenta de lui faire comprendre, Cody insista pour conduire avec Mélissa blottie sur ses genoux, son dos contre la portière, ses pieds sur le siège passager. Heureusement, sa maison ne se trouvait qu'à un kilomètre de là.

Il la porta à l'intérieur de la maison, jusqu'au lit, où il s'assit tout en la gardant dans ses bras, lui embrassant le sommet du crâne pendant qu'elle s'assoupissait, flottant sur une sensation euphorique d'amour et de paix.

* * *

Cody transféra le café brûlant et le sachet contenant les sandwichs et les muffins du petit déjeuner dans une seule main pour déverrouiller la porte. Le bruit de la douche le fit sourire. Sa compagne était réveillée.

Oui, sa *compagne*.

Il était toujours ébahi par ce concept. Il avait enlacé

Mélissa toute la nuit, gardant un œil sur sa plaie qui commençait à se refermer et à guérir, avec une lenteur terrible par rapport à une métamorphe, mais quand même beaucoup plus vite que chez une humaine.

Ben et Ashley s'étaient présentés chez lui peu de temps après leur retour, mais il avait refusé de les laisser entrer. Il avait été couvert de sang, le sien et celui de Mélissa, et Ashley avait été terrifiée, mais Stone avait deviné ce qui s'était passé.

— Tu l'as marquée, avait-il dit, les narines dilatées.

Cody s'était à moitié attendu à ce que Stone veuille l'affronter, et son loup intérieur avait grogné, prêt à se battre à mort pour elle. Mais une fois qu'il leur avait assuré qu'elle allait bien et qu'elle dormait simplement à cause du sérum, ils étaient partis.

L'eau de la douche cessa de couler. Il posa le café et la nourriture sur la commode et attendit que Mélissa émerge de la salle de bains.

Elle apparut, une serviette enroulée sous les aisselles, sa peau pâle rougie à cause de l'eau chaude. Le sourire qu'elle lui adressa était éblouissant.

Il se dirigea vers elle et chassa les cheveux qui lui tombaient sur l'épaule, examinant sa plaie pour la millième fois avant de l'embrasser.

— Comment ça va, bébé ?

— C'est étonnant, mais je me sens super bien.

Elle rayonnait. Elle respirait effectivement la santé et le bien-être. Sa peau était lumineuse, ses yeux brillaient, et il aurait voulu qu'elle ne se départisse jamais de son sourire joyeux.

— Et toi, ça va ?

Il s'était douché et s'était changé, mais il n'avait pas dormi, trop inquiet pour elle.

— Très bien. Regarde.

Il souleva son tee-shirt pour lui montrer ses blessures pare balles qui avaient complètement guéri.

Elle effleura ses abdominaux du bout des doigts, envoyant un frisson jusqu'au fond de son être.

Compagne.

Il attrapa la serviette de Mélissa pour la serrer contre lui. Sa chaleur mouillée traversa ses vêtements, et sa peau fourmillait d'envie d'être en contact direct avec la sienne.

— On a des comptes à régler avant de pouvoir avancer.

Les pupilles de Mélissa se dilatèrent, et ses tétons se dressèrent contre les côtes de Cody.

— J'espérais que tu dirais ça, murmura-t-elle d'une voix rauque.

Il glissa la main sous ses cheveux et lui caressa la nuque. L'excitation de Mélissa flotta dans la pièce. Il ouvrit un pan de sa serviette, puis la laissa tomber par terre et admira son corps. Maintenant qu'il l'avait marquée, son agitation s'était envolée, ne laissant plus qu'un désir ardent.

Il se débarrassa de ses chaussures et rampa sur le matelas, s'adossant à la tête de lit avant de taper sur ses jambes.

Elle le rejoignit, ses seins se balançant à chacun de ses mouvements, ses cheveux tombant comme un voile sur ses épaules. Il l'allongea sur ses genoux et lui donna une claque sonore sur chaque fesse.

Elle se trémoussa et plaqua aussitôt les mains sur son derrière.

— Non non.

D'une main, il lui saisit les poignets et les coinça dans le creux de ses reins, tandis que de l'autre, il lui assénait plusieurs tapes.

— Interdiction de te couvrir.

— Aïe, s'écria-t-elle. Aie pitié !

Il rit et lui massa les fesses.

— Je dois bien admettre que je suis d'humeur à t'épargner. D'ailleurs, je suis prêt à passer des heures à me prosterner entre tes jambes, aujourd'hui.

Elle gémit et écarta les cuisses. Il y glissa les doigts, plongeant dans son nectar sucré avant de caresser son clitoris.

Elle leva les fesses encore plus haut et écarta davantage les jambes.

— Bébé, qu'est-ce qu'il y aura après ta punition ?

— Ma récompense, haleta-t-elle aussitôt, comme si elle avait patiemment attendu ce moment.

Amusé, il continua de la caresser. Ses fluides coulaient sur ses doigts. Son propre désir le submergea, et il la fit rouler sur le dos avant de fondre sur elle, de lui coincer les poignets au-dessus de la tête tout en l'embrassant dans le cou et en suçant la pointe dure d'un téton.

Elle passa les jambes autour de sa taille pour attirer son bassin contre son centre.

— Prends-moi, souffla-t-elle. Je te veux maintenant.

La bête en lui s'éveilla dans un rugissement. Il déchira son tee-shirt et baissa son jean pour l'empaler avec son membre.

Elle ouvrit de grands yeux, bouche bée, mais seul un son étranglé lui échappa.

— C'est ça qu'il te faut, bébé ?

— Oui, gémit-elle.

Il lui donna un nouveau coup de reins, profondément, pour l'étirer.

— Je ne porte pas de préservatif, tu sais pourquoi ?

— Pourquoi ?

— Parce que je t'ai revendiquée, princesse. Et je vais

mettre un louveteau dans ton joli petit ventre avant la fin du mois.

Il n'avait pas prévu de dire ça. Il n'avait jamais songé à avoir des enfants, sauf dans un avenir lointain. Mais son accouplement avec Mélissa avait tout changé. L'idée de fonder une famille avec elle lui semblait être la chose la plus naturelle du monde. Ça, et le fait de la garder dans son lit pour la faire sourire tous les jours.

— Tu es fou, dit-elle en riant.

Il prit appui sur ses poings fermés pour aller et venir sauvagement en elle.

— Ça te dérange ? Je me retire si tu veux, parvint-il à dire.

— Non ! Je suis proche du but.

— Jouis pour moi, princesse.

Elle atteignit l'orgasme, ses parois internes contractées sur son membre comme pour l'aspirer. Dans un rugissement, il jouit à son tour, sans cesser de lui donner de grands coups de reins profonds, les cuisses tremblantes de plaisir.

En appui sur les avant-bras, il la mordilla dans le cou, embrassant et suçotant la naissance de son épaule. Toujours enfoui en elle, il chassa les cheveux qui lui tombaient sur le visage.

— On peut vivre dans la maison pour laquelle tu as fait une offre pendant que je finis de rénover la grande, dit-il.

Il avait toute une liste de points à aborder avec elle, et il était incapable d'attendre une minute de plus.

Le seul œil visible de Mélissa se plissa lorsqu'elle sourit.

— Et cette maison-là ? Qu'est-ce qui te servira d'atelier ?

Il l'embrassa sur la tempe et se retira.

— Je peux garder cet endroit pour me servir d'atelier. Ou de garçonnière, si tu te lasses de moi et que tu me jettes dehors.

Elle éclata de rire.

— Jamais de la vie. Tu es privé de garçonnière. Pourquoi on ne reste pas ici ?

— Parce que tu détestes cet endroit.

Elle roula vers lui et se pelotonna dans ses bras.

— Je ne déteste pas. J'aimerais bien décorer un peu, c'est tout.

Il l'embrassa sur le nez.

— Tout ce que tu voudras, bébé.

Elle passa les ongles dans les poils de son torse.

— J'ai envie de devenir ton agente immobilière.

— Moi aussi, c'est ce que je veux.

C'était justement l'un des points qu'il avait voulu aborder.

— C'est vrai ? demanda-t-elle en plantant son regard dans le sien.

— Tu plaisantes ? Tu crois que j'ai envie de confier mes maisons à qui que ce soit d'autre ? Ou mes futurs achats, d'ailleurs ? Avant de te rencontrer, je ne savais même pas qu'il y avait un acheteur idéal. Plus question de me contenter de moins que ça.

Elle lui adressa un sourire radieux, et il posa son front sur le sien.

— Tu es vraiment prête à te lancer pour de bon avec moi ? Aucun regret ?

— Pas pour l'instant, répondit-elle d'un air mutin.

Puis, d'une voix éraillée :

— J'ai un peu le trac, par contre.

— Pourquoi ?

Il avait envie de détruire tous ses doutes comme un chevalier face à un dragon.

— Pour tout. J'ai peur que tu changes d'avis. Ou que tu

te révèles être un connard, un drogué, un maquereau ou Dieu sait quoi d'autre.

— On sait déjà tous les deux que je suis un connard, alors ça, on ne peut rien y faire. Mais un loup accouplé ne change pas d'avis. Maintenant que tu es marquée, tu es à moi pour toujours, bébé, et je ne me lasserai jamais de toi. C'est comme ça que ça marche.

Elle passa les bras autour de sa nuque et l'embrassa.

— Promis ?

— Promesse d'alpha.

Il l'embrassa en retour, puis demanda :

— Tu veux vraiment des enfants ?

— Oui. Absolument.

— Tout de suite ?

— Tu ne viens pas de m'assurer que je serais enceinte dans moins d'un mois ?

Il sourit et la poussa sur le dos, avant de lui donner un baiser passionné.

— Je vais m'y appliquer, bébé. Matin, midi et soir.


Fin

# La Protection de l'Alpha, Tome 4

**Son loup veut me marquer. Je ne peux pas le laisser faire.**

En fuite avec mes enfants, la dernière chose à laquelle je m'attendais, c'était de trouver mon véritable compagnon.

Il est impressionnant ; homme de main de la meute et policier parmi les humains, c'est un vrai protecteur.

Il veut nous sauver du danger.

Il veut me revendiquer pour toujours.

Mais je ne peux pas le permettre. Cela pourrait lui coûter la vie.

La Protection de l'Alpha

# Livre gratuit de Renee Rose

**Abonnez-vous à la newsletter de Renee**

Abonnez-vous à la newsletter de Renee pour recevoir livre gratuit, des scènes bonus gratuites et pour être avertie de ses nouvelles parutions !

*Livre gratuit de Renee Rose*

https://BookHip.com/QQAPBW

# Ouvrages de Renee Rose parus en français

**www.reneeroseromance.com/francaise/**

## Le Ranch des Loups

*Brut*

*Fauve*

*Féral*

*Sauvage*

*Féroce*

*Impitoyable*

Bestial

## *Deux Marques*

*Indomptée* (libre)

*Temptée*

*Désirée*

*Séduite*

## Alpha Bad Boys

*La Tentation de l'Alpha*

*Le Danger de l'Alpha*

*Le Trophée de l'Alpha*
*Le Défi de l'Alpha*
L'Obsession de l'Alpha
*L'Amour dans l'ascenseur (Histoire bonus de La Tentation de l'Alpha)*
*Le Désir de l'Alpha*
*La Guerre de l'Alpha*
*La Mission de l'Alpha*
*Le Fleau de l'Alpha*
*Le Secret de l'Alpha*
*La Proie de l'Alpha*
*Le Sang de l'Alpha*
*Le Soleil de l'Alpha*
*La Lune de l'Alpha*
*La Serment de l'Alpha*
La Vengeance de l'Alpha
Le Feu de l'Alpha
Le Secours de l'Alpha

### *Les Loups-Garous de Wall Street*
Grand Méchant Patron: Minuit
Grand Méchant Patron: Folie Lunaire
Grand Méchant Patron: Marquée
Grand Méchant Patron : Accouplés

### Les Dominateurs Alpha
La Faim de l'Alpha
La Punition de l'Alpha
La Promesse de l'Alpha
La Protection de l'Alpha

### Les Nuits de Vegas
*Roi de carreau*

*Atout cœur*
*Valet de pique*
*As de cœur*
*Joker Mortel*
*Dame de trèfle*
*Cartes sur Table*
*Bonne Pioche*

## La Bratva de Chicago

*Prélude*
*Le Directeur*
*Le Stratège*
*Possédée*
*L'Homme de Main*
*Le Hacker*
*Le Bookmaker*
*Le Nettoyeur*
*Le Coureur*
*Le Gardien*

## Série Made Men

*Ne m'Aguiche Pas*
*Ne me Tente Pas*
*Ne m'Oblige Pas*

## Dompte-Moi

*Son Maître Royal*
*Oui, Docteur*
*Son Maître Russe*
*Son Maître Marine*
*Soumise à leur Punition*
*Son Maître Pompier*
*Son Maître Cuistot*

**Alpha des montagnes**
Le héros
Rebel
Le Guerrier

**Série Chicago Sin**
Nid de Péché
Ancré dans le Péché

**Maîtres Zandiens**
*Son Esclave Humaine*
*Sa Prisonnière Humaine*
*Le Dressage de Son Humaine*
*Sa Rebelle Humaine*
*Sa Vassale Humaine*
*Son Compagnon et Maître*
*Animal de Compagnie Zandien*
*Sa Possession Humaine*

**Les Épouses Zandiennes**
*La Nuit des Zandiens*
*Achetée par les Zandiens*
Dominée par les Zandiens
Les Lumières de Zandia
Détenue par le Zandian
Revendiquée par le Zandian
Enlevée par le Zandian
Sauvée par le Zandian

# À propos de Renee Rose

**RENEE ROSE, AUTEURE DE BEST-SELLERS D'APRÈS USA TODAY**, adore les héros alpha dominants qui ne mâchent pas leurs mots ! Elle a vendu plus d'un million d'exemplaires de romans d'amour torrides, plus ou moins coquins (surtout plus). Ses livres ont figuré dans les catégories « Happily Ever After » et « Popsugar » de USA Today. Nommée *Meilleur nouvel auteur érotique* par Eroticon USA en 2013, elle a aussi remporté le prix d'*Auteur favori de science-fiction et d'anthologie* de Spunky and Sassy, et celui de *Meilleur roman historique* de The Romance Reviews. Elle a fait partie de la liste des meilleures ventes de USA Today sept fois avec plusieurs anthologies.

**Abonnez-vous à la newsletter de Renee** pour recevoir des scènes bonus gratuites et pour être avertie de ses nouvelles parutions!
https://www.subscribepage.com/reneerosefr

www.ingramcontent.com/pod-product-compliance
Lightning Source LLC
Chambersburg PA
CBHW070526100726
47907CB00004B/1001